Impressum

NOMADS LEGACY
Aseera

Ausgabe 1

Vergeltung

Von

Allan J. Stark und Frank Anderhorst

Herstellung und Verlag: BoD -
Books on Demand, Norderstedt

ISBN: 9783753481401

Autor:
Allan J. Stark
Frank Anderhorst

Kontakt:
allanjstark@aol.com
Andreas Adamus
Eleonore Romberg Str. 2
81379 München

NOMADS LEGACY
Aseera

Ausgabe 1

Vergeltung

Von

Allan J. Stark und Frank Anderhorst

Kapitel 1

JUNI 11.352 pgZ. (Pangalaktische Zeitrechnung)

Die Triebwerke von Aseeras Jäger stotterten. Ein durchdringender Alarmton quälte ihre Ohren. Alle Anzeigen im Cockpit pulsierten in rotem Licht. Aber auch ohne die hektisch blinkenden Lichter und das auf- und abschwellende Signal, wusste Aseera um den Ernst der Lage. Mit einem energischen Faustschlag gegen die Konsole schaltete sie die Sirene ab. Die zweisitzige Jagdmaschine schoss an den gepanzerten Hüllen gewaltiger Kriegsschiffe vorbei. Brennende Gase quollen aus den Rissen in den Schiffskörpern. Dahinter glühte Metall. Explosionen leuchteten auf. Wolken von Trümmern und Wrackteilen, welche die Flugrouten der Schlachtschiffe nachzeichneten, wie metallene Blutspuren.

Aseera drückte den Beschleunigungshebel voll durch. Die malträtierten Triebwerke brüllten auf.

„Verdammt", stieß die Tengiji zornig aus, als sie zu den kaiserlichen Schiffen hinüber blickte, die sich in akkurater Diamantformation gestaffelt, aus dem Schlachtgeschehen heraushielten. Sie sollten ihre Kameraden unterstützen, doch stattdessen schauten die kaiserlichen Einheiten zu, wie die Gulduri siegten.

„Das war ein Hinterhalt!", fauchte Aseera in hilflosen Zorn, während sie das Gefecht voller Entsetzen betrachtete. „Siehst du, wie sie uns fertigmachen?"

Taven, ihr Copilot, gab keine Antwort. „Sie verraten uns, diese imperialen Mistkerle", fügte Aseera hinzu, aber Taven schwieg noch immer.

Aseera wandte sich um, soweit es die Haltevorrichtung, in der sie sich befand, zuließ und sah ihren Kameraden reglos in seinem Sessel sitzen. Der Kopf des großen Mannes war nach vorne geneigt, das Kinn auf der Brust, als schliefe er. Ein Rinnsal dunklen Blutes färbte seine Uniform. Sie sah ein Loch in der Seite seines Helmes und dass die Scheibe des Cockpits hinter ihm gesplittert war. Irgendetwas musste die Kanzel durchschlagen und Taven getroffen haben.

Aseera wandte sich wieder ab und wich den Salven ihrer Verfolger aus, so gut sie konnte. Das Glas des Cockpits knackte, bei einer scharfen Kurve. Das Dämmfeld verhinderte zwar das Entweichen der Atmosphäre, aber bald würde das Glas brechen.

„Anzug versiegeln!", befahl Aseera und fühlte, wie sich die Pilotenkombination um ihren Körper zusammenzog. Für einen Moment blieb ihr der Atem weg. Ventile am Helm wurden automatisch justiert, dann entspannte sich die Montur wieder. Die Tengiji entlüftete die Kanzel, um den Druck auf das Glas zu verringern und beschleunigte weiter.

Das Kampfgetümmel schrumpfte hinter ihr zusammen. Bald waren die Schiffe des Hauses Zimaroo, der Gulduri und die imperialen Einheiten zu glimmenden Punkten in der Ferne geworden, die sich kaum von den umliegenden Sternen unterschieden. Einige Jagdmaschinen der Gulduri hatten versucht, zu ihr aufzuschließen aber ihr Sota war selbst im beschädigten Zustand noch viel schneller als alle feindlichen Jäger.

„Taven?" Sie rief ihren Freund nochmals über das Helmcom. Stille; kein Stöhnen, kein Atmen.

„Taven?", wiederholte sie mit zugeschnürter Kehle. Tränen brannten in ihren Augen. „Ich bringe uns nach Sunem." Aseeras Stimme überschlug sich. „Dort wird alles gut. Hörst du?"

In diesem Augenblick erglühte das Cockpit unter einem Lichtblitz, als hätte es hinter ihr eine Supernova gegeben. Aseera sah auf dem Monitor eine aufblühende Explosion. Sofort schaltete sie die Heckaugen ihres Sota ein und erkannte noch die verlöschende, purpurne Wolke, wo zuvor die *Katam* gewesen war, das Flaggschiff ihres Herrn Kerem kel Zimaroo. Kaiserliche und Guldurischiffe waren bereits auf Abstand gegangen, um dem Zerstörungsradius des sterbenden Kolosses zu entgehen.

„Möge Kash Kudun meinen Herrn rächen", flüsterte Aseera. „Oder mir die Kraft geben, seine Feinde zu vernichten!"

Aseera steuerte ein Fayroo an, in der schwachen Hoffnung dort keinen Feindeinheiten zu begegnen. Noch vertraute sie darauf, dass die Robotverteidiger den Raum vor dem Tor offen hielten.

Sunem war nicht an ein Tor gebunden. Es war eine Zufluchtswelt. Kerem kel Zimaroo hatte dafür gesorgt, dass man sie nur mittels Hyperpassage von einem geheimen Sprungpunkt aus erreichen konnte. Aber Aseeras beschädigter Sota würde es nicht bis dorthin schaffen. Sie musste zuerst eine befreundete Welt oder einen Stützpunkt auf einer Kolonie erreichen, um ihr Schiff zu reparieren. Spontan fiel ihr nur Farell ein. Eine winzige Welt, auf der das Haus Zimaroo Nahrungsmittel erntete. Farell mochte klein genug sein, um von den Feinden vorerst ignoriert zu werden. Warum auch sollten sie es auf kleine

Stützpunkte wie Farell abgesehen haben? Damit würden sie nur den Feind warnen. Außerdem konnten die Gulduri ihre Einheiten nicht aufspalten. Sie brauchten alle Kräfte, um die Hauptwelt Zimaroo anzugreifen.

Vielleicht blieb Aseera noch etwas Zeit, um ihr Schiff zu reparieren oder sich anderen Einheiten auf Farell anzuschließen, ehe dort ein Angriff erfolgte.

Der gewaltige, goldglänzende Reif des Fayroo wuchs an, bis er ihr ganzes Blickfeld einnahm. Driftende Guldurischiffe kreuzten vor der gewaltigen Pforte ihre Flugbahn – ziellos, brennend. Eine Zimaroo Verteidigungsplattform teilte gerade wuchtige Schläge aus. Gleißende Salven blendeten Aseera, als ein weiteres Schlachtschiff in einer heftigen Explosion verging. Die Tengiji stieß einen bitteren Triumphschrei aus und fühlte, wie der Kiray, der Lenker des Fayroo, nach ihren Gedanken tastete.

„Farell!", befahl Aseera und sofort wurde sie in das seltsame Zwischenreich hinter den Fays gezogen. Wie immer hatte sie dabei das Gefühl, als träte sie ins Leere. Aseera würde sich niemals daran gewöhnen.

Vor dem Fayroo im Farell-System geriet Aseera erneut in ein Trümmerfeld. Auch hier hatte es schon Kämpfe gegeben. Allem Anschein nach unterstützte der Kaiser die Gulduri aktiv, wie sie an den zahllosen Überresten imperialer Kriegsmaschinen erkannte - ein Großangriff auf alle Zimaroo-Systeme unter Beteiligung des Imperators. Aseeras Zorn fand in einem gellenden Schrei seinen Ausdruck. Zahllose Flüche drangen aus ihrer heiseren Kehle. Während sie an den treibenden Wracks vorüber flog.

Der Lautsprecher ihrer Funkanlage knackte.

„Ich habe dich geortet“, hörte Aseera eine männliche Stimme sagen und ihr Sota schwenkte mit einem Ruck auf eine vorgegebene Flugbahn ein. „Bleibe auf Richtstrahl.“

„Hier Major Aseera Dako. Wer sind Sie?“ Ihr gefiel es nicht, so plötzlich ihrer Handlungsfreiheit beraubt worden zu sein.

„Zweiter Leutnant Leon Petrov“, antwortete der Mann. „Bitte keine weiteren Fragen. Wir haben uns zwar behauptet, aber der Feind ist noch hier.“

Damit unterbrach er den Audiokontakt.

Aseera gehorchte, obwohl sie als Major drei Ränge über ihm stand. Sie folgte einfach der Stimme der Vernunft, denn sie war erschöpft und verzweifelt.

Kapitel 2

Farell leuchtete smaragdgrün und war gesprenkelt von weißen Wolken, unter denen sich heftige Unwetter entluden. Zahllose Flüsse, die sich durch unendliche Ebenen zogen, oder durch kleine Täler flossen, glänzten hier und da unter dem Blätterdach. Schneebedeckte Berge suchte man vergebens. Es gab nur flache Hügel und Mulden. Einige kleine Meere, seicht und von grünlicher Färbung, waren zu sehen. Der Sota ging plötzlich in einen steilen Sinkflug über und bald flog der Jäger über die ausladenden Wipfel riesenhafter Bäume hinweg.

Wiederum wurde das kleine Schiff abrupt nach unten gerissen. Aseera tauchte in das dampfige Zwielicht des Regenwaldes ein. Ein Schwarm bunter Flugechsen wich kreischend aus, während das Licht zwischen den mächtigen Baumstämmen versiegte. Immer schneller stürzte Aseeras Jäger dem Grund entgegen. Im blaugrünen Schatten konnte sie die gewaltigen Wurzeln mehr erahnen als sehen. Wie ein knorriges Gebirge zogen sie sich über den Boden.

Schließlich bremste der Sota ab. Licht breitete sich unter einem weit geschwungenem Wurzelbogen aus. Eine Panzertüre glitt beiseite und gab den Blick frei in einen großen, beleuchteten Hangar, der direkt in das Holz des Baumes und den felsigen Grund darunter gebaut worden war. Wenige Fahrzeuge standen darin herum. Sie sahen nicht flugtauglich aus, denn etliche Teile fehlten. Und weit und breit keine Menschen, keine Akkato oder Oponi. Nur eine Handvoll Roboter, die gleichmütig dahinstapften und Maschinenteile herumschleppten.

Der Sota setzte sanft inmitten der Halle auf. Aseera zog ihren Helm vom Kopf. Ihr schwarzes Haar floss in üppigen Locken über ihre Schultern. Dann öffnete die Tengiji die Kanzel, befreite sich aus den Haltegurten ihres Sitzes und wandte sich zu Taven um, der seit Stunden in der gleichen Position verharrte. Für einige Sekunden starrte sie reglos auf die Leiche ihres Freundes. Sie hatte schon etliche Gesichter des Todes gesehen, sich an das Sterben ihrer Kameraden gewöhnt, oder es zumindest hingenommen, aber in diesem Fall war es etwas anderes. Unfähig, sich zu regen, starrte sie auf das kleine Loch in Tavens Helm und das blutüberströmte Gesicht hinter dem klaren Visier. Er hatte die Augen geschlossen, als schliefe er einen friedlichen, traumlosen Schlaf. Ein schneller barmherziger Tod war Taven vergönnt gewesen. Dafür musste sie dankbar sein.

„Lass die Klinge scharf sein und mein Herz bereit in ungeschützter Brust“, murmelte sie ein Tengiji-Gebet, schloss die Augen und legte ihre Hand auf seine Brust.

„Er hat sicher nichts gespürt“, hallte eine Stimme hinter ihr durch den Hangar.

Aseera fuhr herum und sah von ihrer Kanzel hinunter auf einen dicklichen Mann mit schütterem Haar. Er trug die blaugrüne Uniform der Zimaroo.

„Nein, er hat nichts gespürt“, sagte sie leise. „Wo können wir ihn begraben?“

„Wie bitte?“, entrüstete sich der Mann, fing sich aber sofort wieder und nahm Haltung an. „Entschuldigung, Major. Aber wir sollten damit keine Zeit verschwenden.“

„Ich werde diese Zeit verschwenden“, gab die Tengiji verärgert zurück. „Ich wüsste keinen besseren Grund, um

Zeit zu verschwenden.“

Der Mann nickte ergeben.

„Haben wir miteinander gesprochen?“

„Ja, Zweiter Leutnant Leon Petrov.“ Er legte kurz zwei Finger an die Stirn. „Wir sollten uns beeilen. Welche Reparaturen stehen an?“

„Sind Sie ganz alleine?“ Aseera ignorierte seine Bedenken. Für sie gab es keine Eile mehr. Sie hatte zu viel verloren.

Der Leutnant zögerte. „Ich wurde von meiner Einheit getrennt und habe mich durchgeschlagen. Aber der Stützpunkt war bereits geräumt.“

„Kontakt zu anderen Stützpunkten?“

„Nein. Sie sind offenbar alle evakuiert.“

„Ich dachte, wir haben uns behauptet?“

„Schon, aber die Verluste waren anscheinend zu groß. Einen weiteren Angriff überstehen wir nicht und mit Verstärkung können wir wohl nicht rechnen.“

Aseera nickte traurig.

„Werden wir nach Sunem fliegen?“

„Ja, sobald der Sota repariert ist.“

Sie hoben Taven aus dem Jäger und bahrten ihn auf den Armen eines Ladegängers auf. Der Leutnant gab dem Roboter ein paar Befehle, dann setzte sich die Maschine in Bewegung und schritt gemessen aus dem Hangar. Aseerra und Leon Petrov folgten schweigend.

Das Zwielicht hier unten war der Stille angemessen. Der Boden war so weich, dass man beim Gehen kaum ein Geräusch vernahm.

Ein anderer Roboter hatte rasch ein Grab ausgehoben

und stand jetzt daneben, als hätte er mit all dem nichts zu tun. Das flache Grabwerkzeug hatte er an der Kopfseite in den Boden gesteckt und mit dem Laser ein paar Daten in ein Stück Metall gebrannt.

Major Taven, Pascal, Nuriem
12.04.11304 – 11.06.11352

Der Ladegänger legte den Leichnam vorsichtig im Grab ab, dann nahm er Habachtstellung ein. Mit seinem Signalapparat intonierte er eine Melodie - das Abmeldesignal eines Kapitäns, der sein Schiff verlässt.

„Ich werde dich vermissen", flüsterte Aseera. „Du warst mir so Vieles. Du warst mir Kamerad, Freund und Geliebter. Niemals war ich glücklicher. Mögen sich unsere Wege in anderen Welten wieder kreuzen." Mit diesen Worten wandte sie sich ab.

Aseera kehrte langsam zurück in den Hangar. Leon Petrov folgte ungeduldig.

Inzwischen hatten sich einige Roboter des Sota angenommen und damit begonnen, ihn zu reparieren.

„Wo ist der Hauptcomputer?", wollte Aseera wissen, plötzlich wieder ganz Major.

„Der funktioniert nicht mehr", antwortete Petrov.

„Danach habe ich nicht gefragt", gab Aseera scharf zurück. „Wo ist er?"

Der Leutnant führte die Tengiji eine lange Treppe hinauf in einen großen Raum, durch dessen breite Fensterfront man den Hangar überblicken konnte. Aseera erkannte auf den ersten Blick, dass gezielte Laserschüsse Speicher und Recheneinheiten zerstört hatten.

13

„Wie haben Sie den Richtstrahl aktiviert?“, wunderte sich Aseera.

„Es ist ein Richtstrahl aus einem der Schiffe im Hangar. Die meisten Dinge muss man manuell steuern. Hangartor, Beleuchtung etcetera. Die haben vor ihrem Abzug dafür gesorgt, dass die Anlage für größere Einsätze nicht mehr nutzbar ist. Der Reaktor läuft zwar noch, aber bald sitzen wir im Dunkeln.“

„Dann schalten wir die Beleuchtung aus“, beschloss Aseera. „Und was sonst noch entbehrlich ist.“

„Unnötig. Die Reparatur wird bald abgeschlossen sein“, widersprach Petrov, „und wir sind weg.“

Aseera antwortete nicht.

„Haben Sie vor, länger zu bleiben?“, wunderte sich Petrov.

„Proviant?“

„Wir sollten einen längeren Aufenthalt vermeiden“, drängte er. „Es...“

„Leutnant“, Aseera wurde ungeduldig. „Spreche ich Sunaoponi? Also, was ist mit dem Proviant?“

Es hatte keinen Sinn, er konnte sie nicht überzeugen. „Haben wir“, sagte Leon Petrov nicht gerade begeistert. „Trockenfutter eben. Verhungern müssen wir nicht, aber Essen würde ich das nicht nennen.“

Aseera überlegte. „Machen Sie etwas Kaffee. Wir haben doch noch Kaffee, oder?“

Der Leutnant nickte zögernd. „Und alles, was dazu gehört.“

„Gut. Zuerst schalten Sie das Licht bis auf die Notbeleuchtung ab und fahren das Schott wieder hoch. Meinen Kaffee mit viel Milch und Zucker. Und dann erzählen Sie mir etwas über die vergangenen Stunden.“

Der Leutnant kehrte mit Kaffee, Zucker und Mürbegebäckimitat zurück. Fast wie ein Kaffeekränzchen, überlegte Aseera und konnte doch nicht lachen. Sie hatte es sich in einem großen Sessel bequem gemacht und Petrov setzte sich auf den Rand einer Konsole. Der Kaffeeduft alleine brachte schon etwas Entspannung in die derzeitige Situation.

Aseera erfuhr, dass der Angriff zur selben Zeit stattgefunden hatte wie die Attacke auf die Hauptwelt Zimaroo. Allerdings erlitten die Gulduri hier auf Farell empfindliche Schläge, die sie zum vorläufigen Rückzug gezwungen hatten. Es gab ungewöhnlich viele Zimaroo Flottenverbände auf Farell, die gerade ein Manöver abhielten. Die Gulduri gerieten deshalb an eine zu gut vorbereitete Streitmacht, die ihnen gehörig zusetzte.

„Aber sie werden bald herausfinden, dass sie uns schwerer getroffen haben als angenommen“, erklärte Petrov. „General Tess ordnete die sofortige Evakuierung an. Er wusste, dass die Gulduri mit Verstärkung wiederkommen würden. Und als wir erfuhren, dass Zimaroo gefallen ist, war uns klar, dass wir hier verloren sind. Wer schickt schon Verstärkung auf einen desperaten Posten?“

„Bei welcher Einheit waren Sie?“

„Zweite Luftlandebrigade unter Colonel Nicholson.“

„Warum sind Sie noch hier?“

„Mein Jäger wurde abgeschossen.“

„Und man hat Sie nicht geborgen?“

„Nein. Es war ziemlich chaotisch, da kommt das schon mal vor.“

„Sie akzeptieren also Ihr Schicksal?“ Aseera ignorierte das Zucken in seinem Gesicht.

„Soll ich herumlaufen und lamentieren?“

„Schon gut.“ Die Tengiji machte eine wegwerfende Handbewegung.

„Die Gulduri haben mich auf dem Weg hierher einige Male unter Feuer genommen“, fuhr Petrov fort. „Ich musste ein paar Haken schlagen. Ich bin zu Fuß hierher gekommen. Hatte Glück, verdammtes Glück.“

Aseera nickte. „Bleiben Sie in meiner Nähe, ich kann einen Glückspilz gut gebrauchen.“

Der Leutnant überlegte. „Viel Glück brauchen wir nicht“, meinte er dann. „Mit einem Sota durchbrechen wir die Blockade. Sie ist ohnehin sehr löchrig.“

„Nein, Leutnant“, wiederholte Aseera sehr ruhig. „Der einzige Grund, nach Sunem zu fliegen, liegt dort draußen. Zwei Meter tief unter der Erde.“

Fassungslos starrte Petrov die junge Frau an. „Warum warten?“ Er schüttelte nachdrücklich den Kopf. „Was sollen wir hier?“

„Wir werden Informationen sammeln, Schwächen finden und dann dem Feind schaden, wo wir können.“

„Nur wir zwei?“ Der Leutnant war außer sich, aber Aseera blieb kühl und gelassen.

„Wir zwei“, bestätigte sie.

Der Leutnant versuchte, sein Entsetzen zu verbergen. Offenbar war die Majorin verrückt geworden und befand sich auf einem persönlichen Rachefeldzug. Und dann kam ihm ein Verdacht. Er kannte nur eine Sorte von Kämpfern, die so opferbereit waren.

„Sie sind Tengiji?“, fragte er alarmiert und mehr rhetorisch. Er erwartete keine Antwort.

Aseera sah ihm fest in die Augen. „Haben Sie ein Problem damit?“

„Jein.“

Die Tengiji legte den Kopf schief und wartete auf eine Erklärung.

„Ich folge Ihren Befehlen, wie es die Hierarchie gebietet“, erklärte er. „Ich würde jeden Befehl befolgen.“ Er machte eine Pause, hielt Aseeras Blick stand und fuhr fort. „Aber ich glaube nicht dass Sie, ich bitte um Verzeihung, immer der Ratio folgen. Nicht eine Tengiji. Nicht in ihrer emotionalen Situation.“

Aseera grinste. „Da haben Sie recht. Aber ich bin nun mal Major und Sie werden mir gehorchen.“

Leon Petrov war wie versteinert. „Irgendwelche Befehle?“

„Ja“, sagte Aseera und goss sich noch Kaffee ein. „Sie werden Waffen und Munition suchen und in den Hangar bringen. Wir machen Inventur und werden dann entscheiden, was wir damit machen.“

„Viel haben sie uns nicht dagelassen“, bemerkte sie, als sie den kleinen Haufen Handstrahler, die zwei Plasmamörser und vier Raketen, mit denen sie ihren Sota bestücken konnte, betrachtete.

„Aber das ist alles“, antwortete Leon Petrov und seufzte.

Aseera sah sich um. „Werkstätten?“

„Ja, mehrere kleine und eine große Werkhalle.“

„Führen Sie mich hin.“

Leon Petrov öffnete eine große Seitentüre. In der schwachen Beleuchtung erkannte sie einen wuchtigen

Schatten, der die riesige Halle einnahm. Sie betrat die Werkstatt und schaltete das Licht ein.

„Wir müssen an unserer Kommunikation arbeiten“, stellte Aseera mit Blick auf den Torus fest.

„Sie wollten Waffen“, verteidigte sich Petrov. „Das hier ist ein Torus-Transporter. Er ist unbewaffnet. Und beschädigt.“

„Aber er kann einen Sprengsatz befördern.“

„Im Hangar ist alles, was wir an Explosivas haben.“

Aseera sah den Mann mitleidig an. „Ich komme immer mehr zu der Überzeugung, dass Zweiter Leutnant einige Ränge zu hoch für Sie ist. Strengen Sie doch mal Ihren Verstand an.“

„Ich weiß schon, was Sie meinen“, entgegnete Petrov gereizt und machte sich auf den Weg zurück in den Hangar. „Ich gehe in den Treibstoffbunker und schaue nach, was ich dort finde. Mit ein paar Chemikalien bastle ich Ihnen einen schönen Moff.“

Aseeras ließ den Mann nicht aus dem Auge, bis er verschwunden war. Dann grinste sie und ging um den Torus herum, kletterte in den Laderaum und ins Cockpit. Mit ein paar Handgriffen schaltete sie die Instrumente ein und forderte einen Schadensbericht. Die Lichter flammten auf und wechselten von Rot auf Grün. Eine Einzige blieb, die rot blinkte. Der Stimmgenerator des Schiffes war defekt und die Worte kaum verständlich.

Aseera grübelte missmutig. Langstreckenflüge sind nicht drin, so viel schien klar. Bei einem Angriff werden sie das umliegende Areal durchforsten und wir werden kaum weit genug gekommen sein, um unterzutauchen. Sie werden uns schnell finden. Es muss also ein lohnendes Ziel sein, überlegte die Tengiji weiter. Ein paar Nadelstiche mit dem Sota werden meine Feinde aus den Höhlen locken. Wenn sie später mit schwerem Gerät aufkreuzen, schlage ich zu. Mehr kann ich nicht machen.

Leon Petrov durchstöberte murrend das Depot. Er untersuchte Fässer, die an einer Wand aufgestapelt waren - gerade mal fünf Stück, die mit Flüssigtreibstoff gefüllt und entbehrlich waren. Man benötigte ihn nur noch für den Betrieb billiger Transportgeher oder Baumaschinen.

„Verdammt noch mal!", knurrte er mürrisch.

Ärgerlich blickte er sich um. Musste er ausgerechnet eine Verrückte herlotsen? Konnte es nicht jemand sein, der schlicht und ergreifend seine Haut retten wollte? Aber nein – er stieß auf eine fanatische Tengij, die ihren idealistischen Kreuzzug durchzog.

Petrov setzte sich auf eine Kiste und starrte auf den Boden. Er musste nachdenken.

Es ist ja sowieso alles schiefgelaufen überlegte er. Ein verdammter Gordischer Knoten. Die Gulduri werden mich umlegen, wenn sie mich hier finden, ganz klar. Mittlerweile werden sie wissen, dass ich ihnen eine Falle gestellt habe. Und den Zimaroo wird auch klar sein, dass ich den Gulduri die Positionen der Stützpunkte und Flottenverbände verraten habe.

Leon Petrov fuhr sich müde mit der Hand über das Gesicht.

Die Tengiji ist nicht dumm, das wusste er inzwischen. Ich sollte sie nicht noch misstrauisch machen. Ich werde wohl eine Weile mitmachen müssen, auch wenn ich dabei meine eigenen Leute treffe. Immerhin; sollte es mir gelingen, die Koordinaten von Sunem herauszufinden, kann das vieles wieder gut machen. Der Kaiser wird sich bestimmt erkenntlich zeigen.

Es half nichts, er musste weitermachen. Schließlich fand er ein paar Reinigungsbehälter und studierte die Inhaltsstoffe. Er nickte gedankenverloren. In Verbindung mit Treibstoff war das die ideale Ergänzung für einen Moff. Wenn er es recht bedachte, war seine Situation gar nicht so schlecht. Er konnte sich das Vertrauen der Tengiji verdienen und - wenn er sich nicht dämlich anstellte - noch mehr geheime Daten sammeln als er zu träumen wagte.

Aseera war in das Cockpit ihres Sota geklettert. Das Schild und das Verteidigungssystem waren wieder funktionstüchtig. Aber der Hyperraumantrieb wies immer noch Mängel auf. Der Generator für den Raumspreizer lieferte kaum Energie für den Eintritt in den Hyperraum. Wenn es nicht gelang, den Schaden zu beheben, würde sie nur die Systeme Asgaroons anfliegen können, die durch ein Fay miteinander verbunden waren. Die Isolierten Welten würde sie einstweilen vergessen können. Als mögliches Ziel fiel ihr spontan nur Sculpa Trax ein, wo sie ihren Sota reparieren konnte. Aber das musste noch warten. Zuerst hatte sie noch ein paar Rechnungen offen, die sie begleichen wollte. Sie blickte hinunter zu den Robotern, die unter dem Schiffsrumpf arbeiteten.

„Hey, Robo-Einheiten!", rief sie.

Die Maschinen hielten in ihren Arbeiten inne und richteten die Sensoren auf sie. „Repariert zuerst den Torus, der drüben in der Werkstatt steht. Und dann bringt ihr ihn in den Hangar.“

Petrov tauchte plötzlich zwischen den Robotern auf.

„Ich glaube, ich habe gefunden, was wir brauchen“, meinte er. „Ich kann daraus einen Sprengsatz mit Aufschlagzünder bauen.“

„Klingt riskant“, überlegte Aseera laut.

„Ist es auch.“ Petrov hob verschmitzt die Augenbrauen. „Und mehr als primitive Waffen werden wir hier nicht basteln können. Uns fehlen Mittel und Zeit dazu. Sie kennen ja meine Ansicht: so schnell wie möglich weg von hier. Nur Sie sind der Meinung, wir sollten hier bleiben, um noch ein wenig Ärger zu machen.“

Aseera nickte. „Und das werde ich auch tun.“

Leon Petrov sog hörbar die Luft ein. „Es gibt doch viel bessere Alternativen.“

„Welche denn?“ Aseera verlor mehr und mehr den Respekt vor dem Mann.

„Ein taktischer Rückzug ist keine Niederlage“, erklärte er betont ruhig. „Sie sind drei Ränge über mir und ich muss Ihnen das eigentlich nicht erklären. Aber kann es sein, dass Trauer und Wut Ihr Urteilsvermögen trüben?“

Am liebsten wäre Aseera dem Leutnant an die Kehle gegangen, doch er hatte Recht. Tavens Tod schrie nach Rache – auch wenn es sie das Leben kostete.

„Warum nicht nach Sunem fliegen und uns mit den anderen Einheiten verbünden?“, fuhr Petrov fort. „Und dann mit vereinten Kräften zurückschlagen.“

„Ihr Vorschlag ist vernünftig“, gab sie zu. „Aber mein Schmerz verlangt nach sofortiger Linderung. Kümmern Sie sich also um den Sprengsatz.“

„Als Tengiji müssten Sie doch so eine Art Geduldsritual haben", wagte Leon Petrov fortzufahren. „Irgendein Gedicht oder so."

Innerlich kochte Aseera bereits. Ihre Selbstbeherrschung war noch nie besonders ausgeprägt gewesen. Warum stichelte er also ständig an ihr herum? Und gerade jetzt fiel es ihr schwerer denn je, sich zu beherrschen.

„Sie haben Ihre Befehle", presste sie hervor. „Und wagen Sie nicht, mich noch einmal zu belehren."

Es regnete in Strömen. Aseera krallte ihre Finger in den aufgeweichten Boden neben Tavens Grab. Es roch nach der Fäulnis des Waldes, nach verrottendem Laub und Holz.

„Ich brauche dich", flüsterte sie in die Dunkelheit. „Was soll ich machen?"

Ihre Gedanken drehten sich um den letzten Flug mit ihm, ließen den Schmerz übermächtig werden. Sie war allein, so allein …

Das Schluchzen ließ ihren Körper beben. „Du hättest mich nicht alleine lassen dürfen."

Schwerer Donner rollte heran. Das vielfache Echo brach sich an den gewaltigen Baumstämmen, die wie finstere Himmelsäulen in die Höhe ragten.

Leon Petrov lehnte an der Schleuse des Hangars und beobachtete die Tengiji eine Weile. Die hat es schwerer erwischt, als sie zugeben will, überlegte er. Er hatte im Laufe der Zeit schon etliche Tengiji kennen gelernt, aber die hier schien weniger hart als ihre Gefährtinnen. Er schüttelte den Kopf. Jeder hat eben irgendwo eine Bruchkerbe, dachte er. Wie alt sie wohl ist? Keine zwanzig? Wieso ist sie da schon Major? Petrov grübelte noch eine Weile, bis er beschloss, sich wieder den Moffs zu widmen.

Als Aseera zurückkehrte, transportierte er gerade ein Fass in den Hangar.

„Sie hätten das Hangarschott nicht öffnen müssen", bemerkte er. „Man kann durch eine Seitentür nach draußen kommen."

Aseera antwortete nicht. Stattdessen deutete sie auf das Fass.

„Ist das der Sprengsatz?"

„Ja. Aber die entscheidende Substanz habe ich hier." Er zog ein Fläschchen aus der Brusttasche. „Das kippe ich dazu, kurz bevor wir das Paket platzieren. Dann heißt es nur noch: nicht zu sehr schaukeln."

Aseera setzte sich ins Cockpit des Torus und ließ sich die Karten von Farell zeigen. Allerdings zeigte der Bildschirm nur ein wirres Muster von Symbolen und Zahlen. Jemand hatte den Computer manipuliert. Sie setzte ein Headset auf, justierte den Netzhautabtaster und das Mikrofon.

„Sacura Seca", hauchte sie. Der Bildschirm flackerte einen Augenblick, dann zeigte er Zahlen, Diagramme und Höhenreliefs der Umgebung an.

„Passivmodus." Einige Anzeigen erloschen.

In den nächsten Stunden studierte sie den Verlauf von Flüssen und Tälern. Besonders interessant waren jedoch die Flugrouten unterhalb der Baumwipfel: einfache Kurse zwischen den riesigen Baumstämmen, anspruchsvollere Routen zwischen den Ästen der Kronen.

Ideal, um Verfolger abzuschütteln, überlegte die Tengiji. Sie fand schließlich einen großen Stützpunkt mit offenem Flugfeld, etwa hundert Kilometer südlich. Er lag offen auf der Ebene und würde bestimmt bald von den Gulduri besetzt werden.

Könnte ja sein, dass sich dort bereits etwas tut, überlegte Aseera und verließ den Transporter, um Leon Petrov zu holen. Er brachte gerade einige weitere Moffs in den Hangar.

„Wir werden mal die Nase rausstecken“, sagte Aseera und kletterte hinauf ins Cockpit des Sota.

„Ich dachte, die Maschine ist defekt?“ Petrov rieb sich das schmerzende Kreuz.

„Nur der Raumspreizer ist hinüber. Das Antriebsystem ist zwar etwas mitgenommen, aber einen kurzen Trip verträgt der Sota schon.“

„Muss ich dabei sein?“

„Ja“, meinte Aseera bestimmt.

Petrov widersprach nicht mehr und nahm hinter Aseera Platz. Der Sessel war von Tavens Blut gereinigt worden. Trotzdem fühlte sich Leon Petrov unwohl auf dem Platz des toten Majors.

„Welche Routen in südlicher Richtung würden Sie mir empfehlen?“

„Ich fürchte, Sie überschätzen meine Kenntnisse“, Petrov legte die Gurte an und musterte den Helm, bevor er ihn aufsetzte. Er erschauerte.

„Inwiefern?“

„Ich bin erst seit drei Tagen auf Farell und vorher nie hier gewesen.“

„Wie lange dienen Sie schon dem Haus Zimaroo?“

„Fünfzehn Jahre."

„Keine Ambitionen gehabt?", stichelte Aseera.

„Wenn Sie auf meinen Rang anspielen", seine Stimme klang seltsam beherrscht, „ich war bis vor vier Jahren auf Diplon stationiert."

„Die Insel am Ende der Welt." Aseera kannte diesen entlegenen Außenposten aus Erzählungen.

„Weit darüber hinaus", gab Petrov zurück.

Aseera schloss die Kanzel und zündete die Triebwerke. Kurz darauf hob der Sota ab und flog im Schutze der Bäume nach Süden.

Sonnenlicht flimmerte durch das dichte Blätterdach. Die gewaltigen Baumstämme glitten majestätisch vorüber. Einmal, als die vorgegebene Flugbahn den Sota nahe an einen Baum heranführte, schien sich ein großer Teil der Rinde abzulösen, einen Augenblick in der Luft zu verharren, nur um dann in tausend Teile zu bersten und sich in einen Schwarm zahlloser Flugechsen zu verwandeln. Die Tiere hüllten den Sota ein, berührten ihn aber nicht. Das Geschrei der Geschöpfe drang durch das Glas der Kanzel. Aseera beschleunigte und stieß aus der Wolke heraus.

Was für ein Schauspiel, schoss es Aseera durch den Kopf. Zu einer anderen Zeit hätte sie diesen Anblick genossen.

„Sie sagten, Sie seien hier abgestürzt?", fragte sie Petrov.

„Ja. Aber verlangen Sie nicht von mir, die Stelle wiederzufinden." Petrov bemühte sich, ruhig zu bleiben.

„Seit wann dürfen Ränge unter einem Leutnant einen Jäger fliegen?"

Petrov zögerte einige Sekunden. „Auf Diplon galten andere Gesetze", meinte er schließlich. „Das Oberste war, nicht vor Langeweile verrückt zu werden. Wir haben darum mit allem herumgespielt, was wir in die Hände bekamen. Dazu gehörten auch die Maschinen der Flugstaffel. Der Kommandant verlangte von uns, alles fliegen können, was so in den Hallen herumstand. Ich war sogar ziemlich gut, aber ich habe natürlich keine offizielle Flugerlaubnis. Und den Jäger hier auf Farell habe ich mir auch nur deswegen holen können, weil mir im Chaos des Kampfes lediglich dieser Ausweg blieb." Petrov klang heiter. „Danach hätten Sie doch als Nächstes gefragt, oder?"

Sie musste gegen ihren Willen schmunzeln, aber wegen ihres Helmes konnte er es nicht bemerken.

„Ja, hätte ich."

Der Wald lichtete sich. Automatisch wurde der Sota in die Kronen der Bäume gesteuert. Aseera schaltete den Autopiloten ab, verlangsamte das Schiff und folgte der Kursvorgabe manuell. Ein überdimensional breiter Ast bot genügend Raum für einen Landeplatz. Dort setzte sie auf.

Durch eine Lücke im Blattwerk, vor dem Fenster, spähte sie hinaus auf eine Ebene. Der graue Gebäudekomplex des Stützpunktes erhob sich klotzig aus dem dichten Grün niederer Vegetation. Die Flugfelder waren leer bis auf einige schwelende Wracks. Die Anlage selbst schien unversehrt. Im Grunde war sie nichts weiter als ein großer Raumhafen mit bunkerartigem Hauptkomplex.

Aseera legte den Helm ab, holte ein Holo-Okular aus

einem Fach und stieg aus dem Cockpit. Die Luft hier oben war klar und frisch. Ganz anders als in der dampfigen Schwüle auf dem Grund des Waldes. Der Wind trug Blütenduft in sich, der sie an Flieder erinnerte.

Die Tengiji betrachtete den Stützpunkt durch das Okular und hatte schnell einige Guldurisoldaten erspäht, die auf dem Dach des Hauptgebäudes standen und die Umgebung beobachteten.

Aseera setzte sich auf das dichte Moos, das den Ast bedeckte.

Petrov blieb im Cockpit sitzen. „Das ist ein verdammt großer Stützpunkt", rief er hinaus.

Aseera schwieg und wartete auf die Ankunft der ersten größeren Schiffe. Die Tengiji wurde nicht enttäuscht. Plötzlich vibrierte die Luft, dumpfes Dröhnen ließ den Baum erzittern. Ein Windstoß fegte durch das Geäst, als ein Schatten über sie hinweg zog. Aseera klammerte sich an das Vorderbein ihres Sota.

Ein gigantisches Schiff sank herab, umringt von einem Hofstaat kleinerer Kreuzer und Zerstörer. Die Oberfläche des Schiffes war verbeult, rußgeschwärzt und an vielen Stellen durchlöchert. Aber Aseera konnte ganz deutlich das große Symbol erkennen, das protzig einen großen Teil der rechten Bordwand einnahm. Es zeigte einen rotgoldenen Pferdekopf im Profil auf blauen Grund, umrahmt von stilisierten Mandelblüten. Das Staatsschiff der Gulduri, die *Detron* III. Und bestimmt war Betran da Gulduri an Bord.

Auch Leon Petrov verschlug es den Atem. Aseera und er starrten sich an.

„Das ist doch nicht möglich", murmelte die Tengiji

ungläubig, während sie wieder durch das Holo-Okular den Landevorgang des mächtigen Schiffes beobachtete.

Petrov war noch aus einem anderen Grund sprachlos. Offenbar war Stufe Zwei des imperialen Planes vorzeitig in Kraft getreten. Für ihn änderte sich dadurch zwar nichts an seiner persönlichen Situation, aber in Asgaroon wurden die Verhältnisse inzwischen neu geordnet. Die Tengiji allerdings würde sich jetzt für ihren Privatkrieg bestimmt noch riskantere Eskapaden ausdenken; nun da die *Detron* III hier eingetroffen war.

Aseera konnte sehen, wie eine kleine Rampe unter dem Bauch des Schiffes ausgefahren wurde. Ein schwerbewaffneter Tross Soldaten und Leibwächter marschierte ins Freie. Die Tengiji vergrößerte die Szene und konnte Betran da Gulduri sehen. Seine hochgewachsene, athletische Gestalt fiel sofort ins Auge. Der in rote Seide geschlagenen Körperpanzer glänzte im Sonnenlicht. Dann erschien auch Jalon Makeya da Gulduri; sein Lieblingssohn. Er war beinahe so stattlich wie sein Vater, aber ein wenig kleiner. Die Gruppe eilte über den heißen Asphalt und verschwand im Inneren des Bunkers.

„Das ist unser Ziel." Aseeras Stimme klang belegt. Sie konnte ihr Glück kaum fassen. „Wir fliegen zurück und machen den Torus startklar."

„Und dann?"

„Dann werden wir sehen."

Kapitel 3

Sie warteten noch die Dunkelheit ab. Aseera wollte die Wacheneinteilung unter die Lupe nehmen. Der Bunker war nur spärlich beleuchtet, hier und da rote Blinklichter und ein paar Scheinwerfer auf dem Flugfeld. Man entlud einige Transporter, und Gefechtsstände wurden errichtet. Einige Einheiten zogen Mauern aus Schnellformbeton hoch und man stellte kleine Raketenrampen dahinter auf. Offenbar war es den Gulduri noch nicht gelungen, die Verteidigungsanlagen des Bunkerkomplexes zu steuern. Die Computer versagten ihnen allem Anschein nach den Dienst.

„Wir haben genug gesehen." Petrov und rieb sich müde die Augen.

Aseera sah zu dem Mann hinauf, der sich nicht aus dem Cockpit bewegt hatte. Petrov hatte Recht. Wie es aussah, richteten sich die Gulduri hier für längere Zeit ein. Aber der Anblick ihres Feindes auf dem Präsentierteller und die Aussicht auf glorreiche Heldentaten hatten in ihr eine Flut von Plänen reifen lassen.

Zurück im Stützpunkt, eilte Aseera sofort in die Zentrale.

„Sie werden aus den Computern keine brauchbare Information herausholen", erklärte Petrov. „Jedenfalls keine Daten, die für einen Angriff relevant wären."

„Haben Sie es schon versucht?", fragte Aseera und bearbeitete das Terminal.

„Ja, bevor Sie hier ankamen." Petrov zog sich einen Stuhl heran und widmete sich ebenfalls einem der

Computer.

„Sehen Sie." Er deutete auf den Bildschirm. „Das ist alles, was man bekommen kann, einige Karten, Datenblätter über ein paar einheimische Spezies. Keine humanoiden Spezies, nur Tiere. Pflanzenarten, giftige und ungiftige. Kaum Angaben zur Infrastruktur. Hauptstützpunkte sind unkenntlich gemacht, sämtliche Informationen wurden gelöscht. Die kleinen Flugfelder und Bunkeranlagen, wie diese hier, fehlen ganz. Sie bleiben dem Feind also verborgen. Unser Glück."

Aseera ignorierte Petrov und durchsuchte die verfügbaren Dateien.

„Hier gibt es ein paar Informationen." Aseera öffnete eine Datei.

„Ja, nichtmilitärische Daten." Petrov rieb sich das Kinn. „Erntemaschinen. Drohnen, beladen mit Pflanzendünger für die Felder. Ein paar Vorratslager."

„Das sind Flugrouten." Aseera studierte die unzähligen Linien, die sich wie ein Netz über eine globale Karte gelegt hatten. „So viel ziviler Luftverkehr?", wunderte sie sich.

„Das könnten die Kurse der Transporter sein."

Irgendetwas an den Kursen schien nicht zu passen.

„Warum sollten Frachtlader den ganzen Planeten in niedriger Höhe umrunden? Noch dazu in diesen verdrehten Kursen."

Petrov legte einen Finger ans Kinn. „Möglicherweise nehmen sie ihre Fracht an mehreren Punkten auf."

Aseera war nicht überzeugt. Das Muster bereitete ihr Kopfzerbrechen. Es hatte eine gewisse Regelmäßigkeit. Stützpunkte und Flugplätze wurden nach geologischen

Gesichtspunkten ausgewählt. Daher folgten ihre Flug-
linien normalerweise keinem erkennbaren Muster. Doch
dieses Netz schien festgelegte Areale zu kennzeichnen
wie ein regelmäßiges Netzwerk. Aseera wurde nicht
schlau daraus.

„Es muss eine äußerst unwichtige Information sein."
Petrov lehnte sich in seinem Sitz zurück. „Sonst hätte
man sie gelöscht."

Aseera antwortete nicht und suchte weiter. Oft konnte
man Informationen auch oder gerade in den Lücken
finden.

„Beladen Sie den Torus mit den Moffs", befahl sie
schließlich.

Petrov sprang auf, nahm Haltung an und salutierte.
„Selbstmordkommando bereit, jeden verrückten Befehl
auszuführen."

Aseera ignorierte diese Frechheit, was ihr jedoch
schwer fiel. Früher oder später würde es zu einer ernst-
haften Auseinandersetzung mit Petrov kommen.

Es war mittlerweile spät in der Nacht. Aseera
beschloss, sich schlafen zu legen. Sie hatte sich in der
Mannschaftsunterkunft eine Pritsche gewählt. Als sie den
Hangar durchquerte, kam ihr einer der Roboter entgegen,
die ihren Sota reparierten.

„Die Reparaturen sind abgeschlossen", tönte es ble-
chern aus dem Sprachmodulator. „Zusammenfassung:
Jagdeinheit I.T.B. 378464 Typ: Sota T18. Standardstatus
wiederhergestellt. Irreparable Einheit: Vectoris, Z.O.
Raumspreizer." Dann schwieg der Roboter.

Aseera sah hinüber zu seinen Kollegen, die untätig
neben dem Sota standen wie eine Schildwache.

„Neue Befehle." Aseera sah in das große, blaue Okular der Maschine. Der Roboter simulierte die Habachtstellung. „Den Ladegreifer am Bauch des Torus so modifizieren, dass er den Sota aufnehmen kann." Aseera überlegte einen Augenblick. „Das Cockpit des Sota muss durch den Boden des Torus erreichbar sein."

„Zeitrahmen." Die Recheneinheit im Schädel des Roboters summte und zirpte. Eine kleine Leuchtanzeige pulsierte rot und erlosch. „Zwölf Stunden, zweiundzwanzig Minuten. Plus minus zehn Minuten."

„An die Arbeit", befahl die Tengiji und die Maschinen stapften los.

Aseera rieb sich die Augen und ging zu ihrer Jagdmaschine. Sie betrachtete die vielen Stellen, an denen der Sota wie neu glänzte. Er hat gar nicht so beschädigt ausgesehen, überlegte sie, als ein Schrei durch den Hangar gellte.

„Halt! Stopp!"

Ein entgeisterter Leon Petrov stürmte in den Hangar. „Befehl rückgängig! Alle Einheiten vom Torus zurücktreten!" Die Roboter wichen zurück und erstarrten in der Bewegung. Petrovs Gesicht war kreidebleich. Er schleuderte einen Schraubenschlüssel durch die Halle und fluchte wie ein Dingilenker auf Pakom.

„Haben Sie den Verstand verloren?", brüllte er Aseera an. „Der Torus ist beladen mit zehn scharfen Moffs und da schicken Sie mir die Blechkameraden, damit sie das Ding mal ordentlich durchschütteln?"

„Wieso sind die Moffs schon scharf?" Aseera sah ihn verständnislos an.

„Einen Moff kann ich kurz vor dem Abwurf scharf

machen. Einen! Aber Sie wollten, dass ich alle in den Transporter packe, um die *Detron* zu pulverisieren. Also musste ich alle scharf machen. Oder wollen Sie die nacheinander über dem Ziel rauswerfen und hoffen, dass uns die Gulduri zusehen, wie gut wir das machen?"

Aseera wollte zu einer Erwiderung ansetzen, aber Petrov hatte recht.

„Wenn Sie den Torus umbauen wollen, dann müssen zuerst die Moffs raus. Das mache ich morgen. Ich hau mich jetzt aufs Ohr. Und das sollten Sie auch tun."

Aseera nickte müde. Nachdem Petrov lässig die Finger an die Stirn gelegt hatte, entfernte er sich grummelnd. Er ging an den Robotern vorbei zu einer dunklen Stelle in der Werkstatt, wo er sich eine Schlafstätte eingerichtet hatte.

„Ihr rührt euch nicht von der Stelle", knurrte er die Maschinen an und legte sich auf die schmale Pritsche. „Licht aus!"

Die Werkstatt versank in Dunkelheit. Vereinzelt glommen noch ein paar Lämpchen an den Apparaturen in der Werkstatt wie ferne, bunte Sterne.

Aseera ärgerte sich auf dem Weg in die Mannschaftsunterkunft über sich selbst. Eigentlich hatte sie geplant dem Zweiten Leutnant eine kleine Abreibung zu verpassen, um ganz einfach die Rangordnung zu zementieren. Aber das hatte sie vermasselt. Sie musste sich eingestehen, dass auch sie ihre Grenzen hatte.

Aseera legte ihre Kleider ab, setzte sich mit unterschlagenen Beinen auf ihre Pritsche, löschte das Licht und begann mit einer Meditation. Sie musste unbedingt zur Ruhe kommen.

„Aus grauen Wolken, regenschwer“, murmelte sie, „fallen Tropfen. Fallen auf Blätter, auf das Gras. Auf dunkle Teiche.

Sie fallen in die Tiefe. Sie tränken Moos und Flechten. Aus grauen Wolken, regenschwer, fallen Tropfen dem grünen Grund entgegen. Es fällt auf Wald und Wiese. Rinnt entlang an Ast und Stamm ...“

Die Worte flossen ineinander wie Wasserbäche. Ihre geschundenen Nerven beruhigten sich und bald war Aseera in einen tiefen erholsamen Schlaf gesunken.

Es war noch weit vor Sonnenaufgang, als Aseera aus dem Schlaf hochschreckte. Es war kein Geräusch, das sie geweckt hatte. Ein Beben war es, das den Boden erzittern ließ. Erst nach und nach mischte sich unter das Vibrieren ein Dröhnen und Poltern, als wälze sich etwas Gewaltiges heran.

Die Tengiji zog sich an und huschte in den Hangar. Im Halbdunkel der Notbeleuchtung konnte sie Petrov erkennen, der das Hauptschott einen Spalt weit geöffnet hatte und in die Nacht hinaus spähte.

„Was kann das sein?“, fragte sie.

„Keine Ahnung.“ Petrovs Augen wurden zu schmalen Schlitzen, während er angestrengt ins Dunkel starrte. „Klingt wie ...“ Er überlegte einige Sekunden. „... als würden Bäume gefällt.“

„Die Gulduri?“

„Keine Ahnung. Klingt unheimlich.“

Kaum hatte er es ausgesprochen, verebbte der Getöse. Lediglich ein Rauschen war noch zu vernehmen, das von Laub und Ästen verursacht wurde, die in Tiefe fielen.

Petrov und die Tengiji horchten noch eine ganze Weile in die drückende Stille danach, bis sie sich wieder schlafen legten.

Petrov war früher aufgestanden als Aseera; die körperliche Erschöpfung hatte schließlich ihr Recht gefordert und die Tengiji länger und tiefer schlafen lassen, als sie wollte. Immerhin hatte Petrov die blauen Fässer mit dem zusammengebrauten Sprengstoff nach draußen in den Hangar befördert, sodass die Roboter den Torus umbauen konnten.

Aseera fand Petrov im Kontrollzentrum vor dem Computer. Als er Aseera sah, stand er auf und salutierte mehr als ordnungsgemäß.

„Sie sind ein nerviger Komiker", knurrte sie, „lassen Sie das!"

Petrov setzte sich wieder und widmete sich dem Bildschirm.

„Haben Sie etwas gefunden?", fragte Aseera.

„Nein", antwortete er. „Aber hier auf Farell werden Unmengen von Dünger gehortet. Kalium und Silbersulfat. Seltsam."

„Nicht ungewöhnlich für eine Agrarwelt", meinte Aseera und schnupperte. Petrov reagierte sofort, schenkte etwas Kaffee in eine Tasse und reichte sie der Tengiji.

„Doch ungewöhnlich", widersprach er. „Hier werden Früchte geerntet. Und der Boden ist ein Selbsterhalter. Dünger braucht man eigentlich nur für Felder."

„Woher wissen Sie das?"

„Ich bin eben etwas älter als Sie. Und mein Leben bestand nicht hauptsächlich aus Kämpfen."

Die junge Frau verbiss sich einen Kommentar und trank ihren Kaffee, der großartig schmeckte. Immerhin war Petrov zum Kaffeekochen zu gebrauchen.

„Wie wollen wir unseren Angriff durchführen?“, fragte der Leutnant.

Aseera rief die Karte ab, auf der sich der Stützpunkt befand, und deutete auf die gewundene Waldschneise, in der der Stützpunkt errichtet war.

„Die *Detron* III steht mit dem Heck nach Norden.“ Aseera deutete auf die Stelle der Karte, wo ein verschwommener Schemen erkennbar war, der den Raumhafen unkenntlich machte. „Der Hafen liegt auf einer kleinen Anhöhe, der nördliche Verlauf der Schneise dagegen tiefer. Fliegt man in südlicher Richtung auf den Stützpunkt zu, steigt das Terrain plötzlich an, etwa einen Kilometer vor dem Heck der *Detron*.“

Petrov rieb sich das Kinn. „Wir verlassen also in etwa hier den Wald“, er deutete auf den Waldrand, „folgen dem tieferen Lauf der Schneise. Und richten den Kurs des Torus auf die *Detron* aus?“

„Genau so“, bestätigte Aseera. „Ich will den Transporter unter dem Bauch des Schiffes hochgehen lassen.“

„Sobald wir über die Stufe hüpfen, sind wie eine gute Zielscheibe“, wendete Petrov ein.

„Nein“, widersprach die junge Frau. „Die *Detron* deckt unseren Angriff. Ich habe gesehen, dass die Gulduri ihre Geschütze so ausgerichtet haben, dass sie den Himmel über dem Komplex mit Abwehrfeuer bestreichen können. Mit einer bodennahen Offensive rechnen sie nicht. Sie können vielleicht ein oder Zwei Geschütze auf uns ausrichten, aber für die anderen ist die *Detron* ein

Hindernis.“

„Aber die *Detron* ist auch bewaffnet“, gab Petrov zu Bedenken. „Außerdem stehen die Begleitschiffe auf dem Flugfeld. Die nehmen uns garantiert aufs Korn.“

„Niemand hat behauptet, dass wir kein Risiko eingehen.“

„Sie sind sich Ihrer Sache sehr sicher.“

„Unserer Sache“, unterbrach die Tengiji ärgerlich.

„Sie sind sich unserer Sache so sicher, dass ich den Eindruck nicht los werde, dass sie die Gulduri gehörig unterschätzen“, vollendete Petrov.

„Das tue ich nicht“, sagte Aseera bitter. „Ich habe den Untergang des Hauses Zimaroo gesehen. Ich weiß, mit wem wir es zu tun haben.“

Kapitel 4

Malik Zerin blickte vom Dach des Bunkers auf den dichten Dschungel, der die Lichtung wie ein gigantischer, natürlicher Wall umgab. Die Sonne brannte bereits seit Stunden vom Himmel. Kaum trat man ins Freie, klebte die Kleidung am Körper. Der heftige Regen, der gerade niedergegangen war, hatte alles nur noch schlimmer gemacht. Kein Windhauch regte sich. Mücken umschwirrten Maliks Kopf und summten in seinen Ohren. Seine roten Haare waren klatschnass, während in seinen blauen Augen das Salz seines Schweißes brannte.

Malik Zerin tröstete sich damit, dass er in seinen 121 Lebensjahren schon schlimmere Welten betreten hatte. Aber er hasste tropische Planeten. Wüstenwelten mit ihrem trockenen Klima vertrug er dagegen gut, aber die dampfige Schwüle solcher Welten wie Farell behagte ihm überhaupt nicht. Er hoffte, der Aufenthalt hier würde nicht all zu lange dauern. Als Chef der Leibgarde besaß er zwar großen Einfluss, aber Graf Betran da Gulduri hatte leider eher ein offeneres Ohr für die Launen und Vorschläge seines Lieblingssohnes als für die Bedenken seines obersten Leibwächters.

Malik Zerin zog noch einmal an seiner Zigarette, inhalierte den Rauch genüsslich und schnippte den Stummel über den Rand der Mauer. Langsam blies er den blauen Dunst durch die Nase und musterte seine Leute, die mit dem Ausbau der Verteidigungsanlagen beschäftigt waren. Samuel Raven, einer seiner Offiziere, eilte auf ihn zu. Er war wie immer gut gelaunt und schien das Klima hier zu genießen.

„Hier der Zwischenbericht." Er überreichte seinem Vorgesetzten eine dünne Glasplatte, auf der Daten und Diagramme leuchteten. „Die meisten Fallen, die uns die Zimaroo gestellt haben, konnten entschärft werden", berichtete Samuel Raven stolz. „Die Teams arbeiten noch daran, die übrigen unschädlich zu machen."

„Was halten Sie von dieser Welt?" Der junge Offizier wich dem Blick des Älteren aus. „Na los", drängte Malik. „Sie haben doch eine Meinung, oder?"

„Hier gibt es nichts, was wir gebrauchen könnten." Raven blickte sich um. „Der Feind hat alles mitgenommen, den Schrott dagelassen und das, was er nicht transportieren konnte, zerstört." Er fuhr sich mit der Hand durch das schwarze Haar. „Bloß weg von hier. Das sage ich dazu."

„Ganz deiner Meinung", pflichtete Malik ihm bei.

„Wie denkt unser Herr darüber?"

„Vorsicht, Samuel." Malik legte warnend den Zeigefinger an die Lippen. „Wir maßen uns nicht an zu vermuten, welche Gedanken unser Herr zu denken pflegt. Wir richten uns nach dem, was er tatsächlich sagt."

Samuel nickte. „Ich glaube aber, dass Jalon, Sohn der Makeya, in dieser Angelegenheit viel zu sagen hat."

„Ja, das hat er." Der Chef der Leibgarde schien darüber sehr besorgt zu sein. „Die Besprechung gestern. Denkst du, unser Herr Betran da Gulduri weiß davon?"

Samuel Raven sah überrascht aus. „Abner Defoe, der Geheimdienstchef untersteht unserem Herrn. Glauben Sie, er spielt ein falsches Spiel?"

„Ich glaube, er versucht Jalon zu schützen", erklärte Malik. „Ich glaube ferner, dass Jalon beabsichtigt, diesen

Spion zu finden, bevor sein Vater davon erfährt und Agenten auf Thion Sira ansetzt.“

„Den Verräter.“

„Nein, kein Verräter“, berichtigte Malik seinen Untergebenen. „Er ist imperialer Agent und hat uns nicht verraten. Er macht nur seine Arbeit. Und die hat er gut gemacht. Und soweit ich weiß, hat Jalon diesen Spion in unsere Reihen gebracht. Deswegen muss er ihn finden und beseitigen, bevor es sein Vater tut und herausfindet, wem er das ganze Schlamassel zu verdanken hat.“

„Willst du den Fürsten nicht darüber informieren?“

Malik Zerin wurde sehr ernst. „Nein! Und du wirst auch kein Wort darüber verlieren. Sonst geraten wir zwischen zwei Mühlsteine. Abner Defoe wird zwischen die Fronten geraten. Wir halten uns da raus. Jalon wird uns nicht in die Sache hineinziehen. Er möchte uns nur dazu benutzen, die Spuren zu verwischen. Und in dem Fall ist es besser, nichts zu wissen. Soll der Geheimdienst sich mit diesen Verwicklungen herumärgern. Mir würde es nichts ausmachen, wenn da ein paar Köpfe rollen. Wenn es nach mir ginge, kann der Typ ruhig untertauchen und für immer verschwinden.“

Samuel Raven versuchte den Gedanken seines Vorgesetzten zu folgen.

„Ich habe Befehl, nach diesem Agenten zu suchen“, erklärte Malik schließlich. „Aber ich werde die Suche nur mit sehr mäßigem Eifer betreiben. Und ich erwarte den gleichen Eifer von dir. Verstanden?“

„Ja“, antwortete Samuel Raven pflichtbewusst. „Natürlich.“

„Wir kümmern uns inzwischen um die Befestigung

des Hafens. Das hat Priorität. Defoe möchte, dass ich ihn an Bord der *Detron* aufsuche. Er hat Neuigkeiten." Er wendete sich den Bäumen zu und deutete nach Süden und Norden. „Stationiere einige Einheiten außerhalb der Begrenzungszäune. Der Wald macht mir Angst."

Abner Defoe war ein älterer, etwas dicklicher Mann mit schütterem Haar und drögen Gesichtsausdruck. Aber der Eindruck täuschte. In den kleinen Augen, die unter den schlitzförmigen Lidern beinahe verborgen waren, glitzerte ein lebhafter Funke. Er saß in einem großen, bequemen Sessel, hinter einem massiven hölzernen Schreibtisch, dessen Platte auf Hochglanz poliert war. Abner Defoe hatte den Sessel herumgedreht und sah durch das runde Fenster auf das dichte Grün und den hellblauen Himmel.

Matter Geruch von verbranntem Papier und ein trüber Rauchschleier hingen in der Luft. Gerade hatte der Geheimdienstchef einige Dokumente auf altmodische Art vernichtet. Aus dem metallenen Papierkorb stieg noch etwas Qualm. Darin schwelte ein Offizierspatent, gedruckt auf feinstem Pergament, mit dem herrschaftlichen Siegel des Hauses Gulduri. Langsam schrumpfte es zu einem kleinen Häufchen Asche zusammen. Und mit ihm der Name des Ersten Offiziers Thion, Amal Sira. Vielleicht der Name des Mannes, der die Flotte auf Farell in eine Falle gelockt hatte. Vielleicht der Mann, der wohl auch für eine Reihe anderer Ungereimtheiten verantwortlich war, die vielen Soldaten des Hauses Gulduri das Leben gekostet hatten. Abner Defoe hatte die Fingerspitzen zusammengelegt und starrte, über den Giebel seiner

41

Hände, zum Wald hinüber.

In diesem Moment trat Malik Zerin ein. „Sie haben mich gerufen?", fragte er steif.

Defoe drehte den Sessel herum und nickte. „Ich habe neue Informationen", eröffnete er. „Wir haben die Absturzstelle des gesuchten Schiffes gefunden. Jetzt brauche ich Verstärkung, um die nähere Umgebung zu durchkämmen."

„Erlauben Sie mir eine Frage." Malik überlegte. „Die Annahme, dass das Schiff, das wir verfolgen, das des Agenten ist … ist doch sehr vage."

Abner Defoe fixierte den Major. „Präzisieren Sie."

„Ihren Erklärungen nach ging das Signal, das unserer Flotte in den Hinterhalt gelockt hat, von einer kleinen Korvette aus, die wir sofort angegriffen haben, als der Schwindel aufflog."

„Ja."

„Von dieser Korvette konnte nur eine Jagdmaschine fliehen, die im Verlauf der Verfolgung auf Farell abgestürzt ist."

„Richtig."

„Pilot dieser Maschine könnte jeder gewesen sein. Der Agent könnte auch bei der Explosion der Korvette getötet …"

„Ich bin nicht Chef dieser Abteilung", unterbrach Defoe den Major, „weil ich so ein guter Logiker bin. Dann würde ich das Logistikzentrum leiten, oder eine Kantine. Ich bin hier, weil ich einen guten Riecher habe. Ich merke es, wenn was faul ist."

„Dennoch erscheint mir das alles zu vage."

„Halten Sie sich für einen guten Soldaten?"

„Natürlich.“

„Würden auch Sie das Weite suchen, während Ihr Schiff angegriffen wird?“

„Nein.“

„Die Kampfmaschine hat sich sofort abgesetzt. Und das, während sich das Mutterschiff noch im Kampf befand.“

„Möglicherweise ein Feigling.“

„Ein Feigling auf vorgeschobenem Posten? Unwahrscheinlich.“

„Aber möglich“, behauptete Malik.

Defoe schmunzelte. „Sie reden sich noch um Kopf und Kragen. Vertrauen Sie Ihren Instinkten.“

„Nachsehen kann nicht schaden“, meinte Malik. „Ich werde den Fürsten um Verstärkung bitten.“

„Den Teufel werden Sie.“ Abner Defoe lehnte sich nach vorne und stemmte die Ellbogen auf die Tischplatte. „Diese Angelegenheit ist höchst sensibel. Und tun Sie nicht so, als wüssten Sie von nichts. Sie sind Chef der Leibgarde unseres Herrn. Ihnen dürfte nicht entgangen sein, dass sich dieser Spion gerne in der Gesellschaft Jalon Makeyas aufgehalten hat.“

„In der Gesellschaft des Sohnes der Makeya halten sich die buntesten Gestalten auf.“

Ein Grinsen huschte über Defoes Gesicht. „Wie auch immer. Ich werde nicht zulassen, dass ein Keil zwischen Vater und Sohn getrieben wird.“

Malik war, was diesen Punkt betraf, völlig anderer Ansicht.

„Im Übrigen beauftrage ich Sie mit der Suche nach dem Agenten.“

„Was?“ Der Major verlor für einen Augenblick die Fassung.

Abner Defoe quittierte diese Entgleisung mit einem Heben der linken Augenbraue. In seinen Augen glitzerte Verärgerung über Maliks Ausfall.

„Fühlen Sie sich mit dieser Aufgabe überfordert?“

„Nein, natürlich nicht“, verteidigte sich Malik. „Aber meine Aufgabe lautet, den Fürsten zu beschützen.“

„Ich bin Ihr Vorgesetzter und kann das genau so gut. Jetzt umso mehr, da seit dem Desaster viele Posten weggefallen sind.“

Malik gefiel das ganz und gar nicht, aber er konnte sich nicht gegen den Befehl eines Colonels stellen.

„Am besten, Sie machen sich gleich an die Arbeit“, fuhr Defoe fort. „Und wenn Sie ihn finden; diesen Thion Sira, dann machen Sie kurzen Prozess.“

„Wollen Sie ihn nicht vorher befragen?“

„Nein. Er darf kein Wort sagen. Liquidieren Sie ihn sofort.“

Malik Zerin war nicht wohl dabei.

„Hier sind die Koordinaten der Absturzstelle.“ Er ließ die Finger über das glänzende Holz tanzen. Ein Hologramm, das die Umgebung darstellte, flammte auf. Einige Zahlen waren rot hervorgehoben.

„Wer garantiert, dass er noch hier ist?“, fragte Zerin.

Abner Defoe sah seinen Untergebenen abschätzig und zugleich amüsiert an.

„Um Himmels Willen“, er lachte kurz. „Von wem wollen Sie denn diese Garantie? Nein, nein. Er ist bestimmt noch hier. Er wird es vermeiden, mit einer größeren Truppe zusammen zu kommen. Seine Aktivitäten dürften nicht länger unentdeckt geblieben sein. Möglicherweise läuft bereits eine Fahndung. Und ich will ihn unbedingt zuerst ergreifen. Das heißt: Sie werden ihn ergreifen und beseitigen."

Abner Defoe und Malik Zerin wechselten einen langen Blick.

„Sie haben Ihre Befehle, Zerin. Und machen Sie sich am besten gleich auf den Weg."

Die Luft unterhalb der Bäume war weniger schwül als im offenen Gelände. Aber dafür gab es hier mehr Mücken, die in dichten Wolken in den Lichtstrahlen tanzten.

Das Wrack des Zimaroo Jägers war noch in seiner ursprünglichen Form erkennbar. Das bedeutete, dem Piloten musste es gelungen sein, eine harte Notlandung hinzulegen. Die Schleudersitze waren noch an ihren Plätzen, die Gurte sauber durchtrennt. Kein Blut.

„Hier ist er entlang gelaufen", rief Samuel Raven, der ein Stück den Hang hinuntergeklettert war. Das Schiffswrack ruhte auf halber Höhe. „Und soweit ich es beurteilen kann, muss er zu dem kleinen Fluss dort unten gegangen sein."

„Geh voran, Samuel", rief ihm Malik zu und nahm einen langen Zug aus seiner Wasserflasche. Der Trupp von etwa zehn Mann setzte sich in Bewegung. Zerin winkte dem Piloten im Truppentransporter zu, der einige Meter über dem Boden schwebte. Der kleine Lautsprecher in Maliks Ohr rauschte.

„Befehle?"

„Fliegen Sie tiefer in den Wald hinein", sagte Malik.

„Etwa zehn Kilometer. Markieren sie uns einen Pfad. Dann warten sie auf weitere Order."

Mit dröhnenden Motoren fegte das bullige Vehikel über die Köpfe der Soldaten hinweg und in den dunklen Wald hinein.

Kapitel 5

Aseera überwachte das Ankoppeln des Sota an den Torus. Die Beine des großen Transporters waren so weit ausgefahren, dass sie wie metallene Brückenbögen wirkten. Glücklicherweise war der Sota flach. Wäre er ein wenig größer und gedrungener gewesen, hätte man ihn nicht unter dem Torus platzieren können. Für Aseera war das ein göttliches Zeichen.

Leon Petrov zurrte gerade das letzte der Fässer fest, die er zu einem großen Bündel verschnürt hatte. Er blickte aus der seitlichen Ladeluke zu Aseera hinunter.

„Sehen wir zu, dass wir die Dinger so schnell wie möglich loswerden." Er wischte sich über die Stirn. „Hoffen wir auf einen ruhigen Flug."

„So wird es sein", meinte Aseera. „Aber ich möchte den Einbruch der Dunkelheit abwarten."

Der Leutnant lächelte zufrieden. „Wenn Sie wüssten, wie erleichtert ich bin." Er säuberte sich die Hände mit einem Lappen. „Sie überraschen mich. Ich hatte befürchtet, Sie würden sich am helllichten Tag auf den Feind stürzen."

Die junge Tengiji antwortete nicht.

„Bestimmt hatten Sie so etwas in der Art im Sinn", fuhr Petrov fort. „Oder irre ich mich?"

Auch jetzt schwieg Aseera. Petrov schüttelte den Kopf.

„Ich weiß, wir hatten diese Diskussion schon", fuhr er fort. „Aber wenn wir das Ziel getroffen haben, was wollen Sie dann noch erreichen?"

Aseera zuckte mit den Schultern.

„Was wollen Sie Größeres treffen als die *Detron*?"
Petrov setzte sich und lehnte sich an den Rahmen der
Luke. „Wir haben danach nichts mehr, was sich zu treffen
lohnt. Warum dann nicht gleich danach nach Sunem fliegen?"

Aseera musste zugeben, dass der Leutnant einmal
mehr Recht hatte. Sie würde darüber nachdenken.

„Gehen wir jetzt den Angriffsplan durch", entgegnete
sie. „Danach können wir über weitere Schritte nachdenken." Gekonnt erklomm die junge Frau eines der
Landebeine des Torus und hangelte sich wie ein Äffchen
nach oben. Mit einem kraftvollen Sprung landete sie
neben dem erstaunten Petrov im Inneren des Schiffes.

„Ach ja", dem Mann schien etwas eingefallen zu sein.
„Bevor wir uns auf die große Dummheit - Entschuldigung - Heldentat einlassen, würde ich gerne erfahren,
was uns heute Morgen so unsanft aus dem Schlaf
gerissen hat."

Aseera machte ein interessiertes Gesicht. „Ja, das
wüsste ich auch gerne."

Petrov runzelte die Stirn. Aseera zeigte zum ersten
Mal eine Gefühlsregung. Die unheimlichen Geräusche
der letzten Nacht und die Vermutungen über ihre geheim-
nisvolle Ursache, mussten sie wohl sehr aufgewühlt
haben.

Nachdem sie alle Systeme geprüft hatten, nahmen die
Beiden im Cockpit Platz. Die Tengiji startete die Triebwerke und der Torus hob einige Zentimeter vom Boden
ab. Vorsichtig und mit mäßigem Schub flog der Transporter aus der Station hinaus.

Aseera und Petrov brauchten nicht lange zu suchen. Kaum waren sie zwei Minuten durch den schattigen Wald geflogen, klaffte plötzlich eine gewaltige Schneise vor ihnen, als hätte sich eine riesige Fräse quer durch den Wald gefressen. Die gigantischen Bäume waren genickt, entwurzelt und zersplittert. Durch die offene Luke wehte der saftige Geruch von frisch geschlagenem Holz und Harz herein. Der Duft war so überwältigend, dass Aseera beinahe die Sinne schwanden, als hätte sie die Soo-Ouki Droge gekostet.

„Könnte ein Meteorit gewesen sein", überlegte Petrov. „Oder ein Schiff, das aus dem Orbit gefallen ist. Nach einer Schlacht nicht ungewöhnlich. Sehen Sie Trümmer?"

Aseera lenkte den Transporter ins Tageslicht und drehte einige Runden über den umgestürzten Bäumen. Eine Schar bunter Vögel erhob sich kreischend in die Lüfte. „Es gibt keine Trümmer", entgegnete sie.

„Ein Erdbeben?"

„Sehen wir uns das später noch einmal an."

Petrov lachte amüsiert. „Sie sind Optimistin, nicht wahr? Immerhin."

Der Abend kam und der Glutball des Zentralgestirns entflammte in hellem Orange über den Baumwipfeln. Die Baumkronen leuchteten, als hätte er sie in Brand gesetzt. Die Dämmerung war kurz und die Dunkelheit kam schnell. Funkelnde Sterne erschienen am Himmel. Nachttiere kamen aus ihren Verstecken und veranstalteten ihr melodisches Konzert.

Aseera hatte den Torus auf einem breiten Ast

gelandet, dicht unter den Wipfeln. Sie war ausgestiegen, während Petrov es vorzog, im Transporter zu bleiben. Er saß im Rahmen der Ladeluke und ließ gelangweilt die Beine baumeln. Jedenfalls sah er gelangweilt aus. Innerlich aber war er voller Unruhe.

Aseera genoss inzwischen die kühle, von unzähligen Düften durchdrungene Luft. Durch Lücken im Blattwerk konnte sie den Nachthimmel betrachten und lauschte dem seltsamen Gesang der Waldbewohner. In ihrem Versteck konnte sie den Raumhafen und das Heck der *Detron* erkennen. Die Begleitschiffe wirkten plump, wie sie im Schein der Flutlichter auf dem Flugfeld hockten. Auf dem betonierten Landeplatz herrschte reger Betrieb.

„Sieht aus, als fühlten sie sich sicher“, bemerkte Petrov.

„Ja“, brummte Aseera. „Aber warum im Dunkeln arbeiteten? Sie bauen ihre Position aus, so gut sie können. Ich wüsste nicht, wer sie daran hindern sollte. Wir Zimaroo werden auf Farell so schnell nicht wieder eine Basis errichten. Sie und ich sind im Moment die Speerspitze.“

Petrov wusste, wer hier auftauchen und die Gulduri vertreiben könnte. Aber im Augenblick konnte er nicht wünschen, dass imperiale Streitkräfte hier eintrafen. Der Einsatz hier auf Farell hatte zu viele seiner Kameraden das Leben gekostet. Man könnte ihn vor ein Kriegsgericht stellen. Nein, man würde ihn ganz sicher vor ein Kriegsgericht stellen. „Wann wollen wir angreifen?“, fragte der Leutnant beiläufig.

„Die Zeit zwischen drei und vier Uhr morgens ist bestens geeignet.“

„Farell hat einen Achtundzwanzig-Stunden-Tag“, gab

Petrov zu Bedenken.

„Dann eben fünf Uhr früh“, gab Aseera gereizt zurück.

„Vorausgesetzt, die Gulduri rechnen hier nicht mit ihrer Vork-Zeit. Die hat zweiundzwanzig Stunden.“

„Aha.“ Aseera starrte genervt durch ihr Okular. Sie betrachtete die Soldaten beim Reparieren ihrer Jäger und beim Herumlungern. Einige hatten kleine Feuer entzündet, brieten Fleisch und tranken, als befänden sie sich auf einem Ausflug. Sie schienen guter Dinge zu sein oder lenkten sich einfach nur ab.

„Die Schiffszeit ist natürlich nach der alten Erde geeicht“, setzte Petrov seine Rede fort. „So wie unsere. Und die des Imperiums. Und die der Handelsflotten. Vierundzwanzig Stunden. Haben Sie sich nicht auch mal gefragt, wie diese Zeiteinteilung die Jahrtausende überdauert hat?“

„Schanor“, antwortete sie bestimmt.

„Oh.“ Petrovs Stimme klang mitleidig. „Fakten bitte, keine Märchen.“

„Schanor ist ein Fakt“, beharrte Aseera, setzte das Holo-Okular ab und warf Petrov einen grimmigen Blick zu.

„Glauben das die Tengiji allgemein?“, fragte Petrov. „Oder ist das lediglich Ihre persönliche Ansicht?“

„Es ist keine Frage des Glaubens.“ Die Tengiji blickte wieder durch das Holo-Okular und verfolgte das Geschehen auf dem Stützpunkt. „Es sind Tatsachen. Und wir müssen lernen, mit ihnen umzugehen.“

„Ich habe gehört, die Tengiji unterhalten eine große Bibliothek auf ... auf ...“

„Auf der Stadtwelt Nuria im Kulina Sektor.“

„Und da haben Sie wohl Ihre „Informationen„ her.“

Aseera gab keine Antwort.

„Wenn Sie dort sind, treffen Sie doch auch andere Tengiji, oder?“

„Natürlich.“

„Und?“

„Was und?“

Petrov kratzte sich am Kopf und sah ungläubig auf Aseera hinunter. „Gibt es da keinen Ärger?“

Aseera wusste, worauf er hinaus wollte.

„Was passiert, wenn Sie auf eine Tengiji treffen, die denen dort drüben dient?“ Er wies mit einem Kopfnicken zum Raumhafen hinüber. „Eine Gulduri Tengiji zum Beispiel.“

Aseera schluckte. Jetzt, da Petrov ihn in diesem Zusammenhang ausgesprochen hatte, ging ihr der Name Gulduri wie ein Stich durch den Körper. Petrov entging das schwache Zucken ihrer Schultern nicht. Er hatte gute Augen. Noch beredter aber war ihr kurzes, betretenes Schweigen.

„Ich werde mich dem hohen Gesetz beugen“, sagte Aseera tonlos.

„Dem hohen Gesetz?“ Petrov überlegte. Die Tengiji hatten ein Wort dafür.

„Zutay“, half Aseera.

„Zutay“, wiederholte Petrov und schnippte mit den Fingern. „Und was passiert, wenn es Ihnen nicht gelingt? Wenn Sie die Beherrschung verlieren?“

„Die Streitenden werden ihr Leben verlieren.“

„Scheint mir eine geringe Strafe für Leute zu sein, die

dem Tod mit Freude entgegen sehen.“

Aseera verstand dieses Argument. Und auch die Stifterin des Gesetzes hatte wohl ein gutes Gespür für die Denkweise ihrer Schwestern.

„Ihre Namen würden für immer mit Unehre genannt werden, wenn sie es riskierten, sich zu streiten“, erklärte Aseera. „Sie haben keinen Platz im Gedenken der Gemeinschaft. Sie sind Emratha.“

„Sehr schlau“, murmelte Petrov verächtlich. „Die Kulturen gleichen sich alle doch sehr.“

„Warum quatschen Sie so viel?“ Aseera funkelte den Mann zornig an. „Die Nerven?“

Touché, dachte Petrov und wischte sich die feuchten Hände an der Hose ab.

Der Sichelmond warf sein mattes Licht auf die Baumkronen.

„Bereit?“, fragte Aseera und vollendete einen kunstvollen Haarknoten.

Petrov streckte sich in seinem Sessel neben ihr.

„Bereit.“ Er warf einen bewundernden Blick auf ihre Frisur. Die Lockenpracht der Tengiji war durch einen komplizierten, flachen Dutt am Hinterkopf gebändigt. „Ich hab mich schon gewundert, wie Sie die Haare unter den Helm bekommen.“

Ein kurzes Lächeln huschte über Aseeras Gesicht. Sie war sehr stolz auf ihre Technik. Im Flechten der Haare, die mitunter auch als Waffen eingesetzt wurden, war sie besser als alle anderen Tengiji am Hof der Zimaroo.

Sie aktivierte den Hauptcomputer und ein paar unverzichtbare Leuchtanzeigen glommen auf. „Schleichmodus", befahl die junge Frau. Langsam liefen die Motoren an.

„Schubkraft im Schleichbetrieb nur bei fünf Prozent", verkündete der Computer.

Der Torus hob langsam ab. Die Beine falteten sich zusammen, das Fahrzeug glitt rückwärts vom Ast, hinein in die dunkle Vegetation. Zweige, Blätter und Lianen rückten ins Blickfeld. Der Restlicht- und Wärmeverstärker zeigte ein Gewirr von Kletterpflanzen und Ranken, die in üppigen Strängen in die Tiefe hingen. Einige kleine Tiere waren als helle Tupfen zu erkennen, die unregelmäßig über Rinde und Blätter verteilt waren.

Aseera war voll konzentriert, während sie tiefer und tiefer sanken. Nebel wallte um die Stämme der Bäume. Die Sicht trübte sich ein, so dass sie nur über den Restlichtverstärker navigieren konnte. Alle aktiven Ortungssysteme waren abgeschaltet. Sie konnte sie nicht benutzen, ohne zu riskieren, entdeckt zu werden.

„Ups!" Petrov krallte sich in die Armlehnen. „Man kann eben nicht mit allem rechnen."

Aseera war wütend auf sich. Sie hätte mehr Zeit darauf verwenden sollen, die Besonderheiten der Umgebung zu erkunden. Grundlehrgang, schalt sie sich. Aber wer konnte ahnen, wie lange der Herr der Gulduri auf Farell blieb? Der Angriff musste jetzt erfolgen. Es gab keine andere Möglichkeit.

„Machen wir das Beste draus", sagte sie. Petrov nickte stumm.

Inzwischen war der Torus von dichter Dunkelheit umhüllt. Die Nebelwolke bedeckte den Boden und erstreckte sich bis weit hinaus in die Senke außerhalb des

Waldes. Auf dem Monitor konnte Aseera niedriges Buschwerk und ein paar Felsen erkennen, aber die Größenverhältnisse waren unklar und irritierten die Tengiji bei der Navigation.

„Etwas höher", presste Petrov hervor, als der Torus kurz durchsackte und beinahe auf dem Boden aufsetzte. „Die Büsche sind kleiner, als man denkt. Bleiben Sie weit darüber."

„Habe es bemerkt", gab Aseera zurück. „Wie weit noch bis zum Ziel?"

„Vier Kilometer, 320 Meter bis zur Stufe. Dann zwei weitere Kilometer bis zum Aufschlagpunkt."

Plötzlich tauchte eine Gruppe von Soldaten auf, die hinter einem Felsen verborgen gewesen war. Die Leute zeichneten sich als hellgrüne Flecken auf dem Bildschirm ab. Aseera erkannte drei Menschen, einen Oponi und zwei Akkato. Einer davon trug einen massigen Raketenwerfer und brachte ihn gerade in Stellung.

Petrov reagierte sofort, betätigte das kleine Pulsgewehr des Torus und beschoss die Gruppe.

Die heißen, hyperschnellen Geschosse hinterließen weiße Schlieren auf dem Monitor. Die Soldaten wichen aus, zwei Menschen gingen in die Knie, der Akkato mit seinem Werfer wurde getroffen, feuerte seine Rakete jedoch noch ab.

Aseera drückte den Beschleunigungshebel durch. Die Triebwerke brüllten auf, der Torus vibrierte, als wolle er zerbersten. Petrov warf einen entsetzten Blick in den Laderaum. Die Moffs!

Die Rakete verfehlte den Transporter um Haaresbreite, vollführte einen Bogen aufwärts, kehrte zurück und schlug hinter dem Torus in den Boden ein. Salven trafen das Fahrzeug, richteten aber kaum Schaden an.

Aseera jagte blind in den Nebel hinein.

„Möge der Herr meine Schritte lenken“, murmelte sie. „Führe er mich auf sicherem Pfad. Richte deine Augen auf meinen Weg und bewahre meine Füße vor dem Straucheln.“

Petrov hingegen warf die inaktiven Instrumente an. Die Anzeigen brachten das Armaturenbrett zum Glühen.

„Benutzen Sie bitte Ihre eigenen Augen“, tadelte er die junge Tengiji.

Im selben Moment wurde der Torus von den Sensoren der feindlichen Stellungen erfasst.

Der steile Hang kam rasch näher. Aseera steuerte den Transporter darüber hinweg. Der Nebel lichtete sich schlagartig und gab den Blick auf das immense Heck der *Detron* frei. Die zwei mächtigen Triebwerke leuchteten fahl im Bereitschaftsmodus und starrten Aseera an wie ein grimmiges Augenpaar.

Petrov beschoss eine Raketenrampe an der Kante der Stufe, die in einer hellen Explosion verging. Von woanders her ging ein Hagel von Energiegeschossen auf den Torus nieder. Petrov erhöhte die Schildenergie.

„In den Sota!“, brüllte Petrov und löste seinen Sicherheitsgurt.

Aseera nahm Kurs auf den Aufschlagpunkt, sicherte ihn und öffnete ebenfalls ihren Gurt, als unvermittelt eine Rakete auf sie zuraste. Sie kam von links vorne und würde ihre Flugbahn kreuzen. Aseera zog das Steuer heran und ging in einen extremen Steilflug über. Der Antrieb wimmerte auf, die Anzeigen wechselten von

Grün auf Rot. Der Alarm warnte vor Überlastung. Petrov wurde in den Sitz zurückgeworfen und fluchte.

Das Fahrzeug schoss über den Rücken der *Detron* hinweg in den Nachthimmel hinauf, während das gewaltige Schiff unter ihnen zurückblieb. Weitere Flugkörper schlossen auf. Petrov ließ den Torus Täuschkörper ausstoßen.

„Den Plan können wir vergessen." Petrov klang ruhig, aber seine Augen verrieten Anspannung und Furcht. Wiederum sah er zu den Moffs hinüber. „Beten Sie für unsere Ladung!"

Aseera sah zufrieden, wie die Raketen den Täuschkörpern folgten und steuerte den Transporter in einen Looping. Strahlenkanonen eröffneten das Feuer. Leuchtende Nadeln tasteten in den Himmel und verfehlten das Schiff nur knapp.

Im Sturzflug jagte die fliegende Bombe nun wieder auf die *Detron* zu. Das Flugfeld sah aus wie eine Miniatur und die Maschinen darauf wie kleine Modelle; fast zu harmlos für ihren tödlichen Zweck.

Der Transporter wurde getroffen, der Schild knisterte. Petrov führte beinahe alle Energie dem Abwehrfeld zu, während Aseera den Kurs erneut festlegte. Die *Detron* war damit als Ziel markiert.

„Der Schild kann jetzt Einiges vertragen", informierte Petrov die Tengiji. „Und der Antrieb hat noch genug Saft, um dem Kurs zu folgen und zu korrigieren."

„Verschwinden wir", entgegnete Aseera und hangelte sich aus dem Sitz. Der Boden war nun senkrecht wie eine Wand. Sie mussten über die Lehne ihrer Sitze hinweg klettern und sich am Rahmen der Cockpittüre in den

Laderaum ziehen. Treffer schüttelten den Transporter, während sich Aseera und Petrov in den Sota zwängten. Sie waren noch nicht angeschnallt, als Aseera die Kanzel schloss und die Kampfmaschine aus ihrer Verankerung löste.

Einen Herzschlag lang fiel der Sota neben dem Torus her, entfernte sich, wirbelte um die eigene Achse und jagte in einem weiten Bogen davon.

Aseera steuerte den wendigen Jäger gerade noch rechtzeitig über den Boden, als ein gleißender Blitz die Nacht erhellte. Aseera blickte auf den Monitor für die Heckaugen und sah, wie ein glühender Flammenpilz auf der Oberseite der *Detron* in die Höhe wuchs. Einige Teile der Außenhaut fielen herab, aber Aseera konnte schon jetzt erkennen, dass der Schaden an der *Detron* unerheblich war.

„Schaden an der Hülle", kommentierte Petrov, der das Geschehen auf seinem Bildschirm betrachtete, „eins Komma zwei Prozent. Ich würde es als einen symbolischen Akt betrachten. Mal sehen, ob sie uns auch noch die Linke hinhalten."

Das Abwehrfeuer wurde eingestellt, aber Aseeras Erleichterung währte nur einen Moment. Vor ihnen sank ein großer Kreuzer aus dem Himmel herab, genau in ihre Flugbahn.

Der Jäger wurde getroffen, aber die Salven waren von niedriger Energie und mehr störend als gefährlich. Aber sie schwächten den Schild.

„Sie wollen uns entern", folgerte Petrov fast gelassen.

Aseera erhöhte die Geschwindigkeit, schlug einen Haken und flog über die Baumkronen davon. Jagdmaschinen donnerten heran und zwangen sie, in Richtung Kreuzer abzudrehen. Die Piloten steuerten die schnellen, wendigen Ratts, die zwar weniger stark bewaffnet, dem Sota aber in Geschwindigkeit beinahe ebenbürtig waren. Einige Treffer schüttelten Aseera und Petrov durch. Die Tengiji blickte auf die imposante, gepanzerte Front des Guldurischiffes und flog knapp daran vorbei. Ein gezielter Schuss ließ den Schild des Jägers flackern. Aseera schob den Hebel bis zum Anschlag und raste davon. Ein weiterer Schuss traf das Heck, der Sota verlangsamte. Er hatte zwar noch einen guten Vorsprung, aber der Kreuzer war heiß auf Beute und näherte sich rasch.

Petrov sagte nichts. Er beobachtete angestrengt, wie der knappe Vorsprung schrumpfte.

„Zimaroo-Einheit", tönte es aus dem Intercom. „Fahren Sie den Schild herunter und ergeben Sie sich. Machen Sie sich bereit, geentert zu werden."

Die Ratts gaben Aseera und Petov erzwungenes Geleit. Die Tengiji konnte die Gesichter der Piloten sehen. Hinter dem Sota füllte die breite Front des Kreuzers bereits den Himmel aus. Eine kleine Schleuse öffnete sich, um die Jagdmaschine aufzunehmen.

Unvermittelt schoss ein gigantischer Schatten aus dem nachtdunklen Wald dem Sternenhimmel entgegen. Baumwipfel durchbrechend wie der todbringende Leviathan, der sich aus einem tosend grünen Ozean erhob, wuchs er in die Höhe. Mit tausendfachen Armen umschlang er den Kreuzer, zermalmte den Rumpf, knickte Gefechtstürme und Geschützbatterien. Flammen schlugen aus Rissen und gesprengten Schleusen. Ein gigantischer Feuerball erhellte die Finsternis und hüllte den Kreuzer ein.

Fassungslos starrte Aseera durch die Heckoptik des Sota. Für einen Moment waren sowohl sie, als auch ihre Eskorte wie erstarrt. Im nächsten Augenblicklich riss sie die Maschine herum, beschrieb einen Bogen und konnte sehen, wie das brennende Schiff in einem Gewirr aus Ästen und Blättern verschwand. Das Ungeheuer zog den Guldurikreuzer mit sich hinab in die Schwärze des Waldes.

Nur einen Sekundenbruchteil brauchten die Ratts, um sich neu zu formieren und Aseera erneut zu attackieren. Die Tengiji steuerte den Sota in einen Sturzflug und schoss über die Stelle hinweg, wo das Wesen mit seiner Beute abgetaucht war. Unter dem Grün des dichten Blätterdaches konnte sie das Aufflackern von Explosionen erkennen, während der grüne Ozean die Decke des Vergessens darüber breitete.

„Schnell", drängte Petrov atemlos, „zurück in den Wald!"

Kurz darauf tauchte die Maschine zurück in das Dunkel zwischen den mächtigen Bäumen. Die beiden Ratts waren sofort hinter ihr, aber Aseera reagierte gekonnt. Sie wendete und für einen Augenblick sah es aus, als wolle sie die Angreifer rammen. Petrov sog entsetzt die Luft ein.

In diesem Moment drehte die Tengiji ab. Der Sota vollführte eine scharfe Kurve und streifte den Ratt mit der Flügelspitze. Das Cockpit des Gegners zerbarst.

Der andere Ratt jagte davon, beschrieb einen Bogen zwischen frei stehenden Bäumen und wollte sich hinter Aseera setzen.

„Umkehrschub", zischte Asseera so scharf, dass

Petrov einmal mehr zusammenfuhr. Das Schiff des Feindes raste vorbei. Sie zielte kurz, feuerte. Eine Flammenrose erblühte an seinem Heck, dann trudelte er und verschwand brennend zwischen den Bäumen.

Petrov pfiff beeindruckt durch die Zähne.

Kapitel 6

Der Stützpunkt war zum Glück noch immer unentdeckt. Aseera genoss eine ausgiebige Dusche. Als sie sich wieder angezogen hatte und an den Robotern vorbeiging, die sich wieder der Reparatur des Sota widmeten, stieg ihr aromatischer Kaffeeduft in die Nase.

„Sie heißen Uturu", rief Petrov in den Hangar hinunter, als er Aseera kommen sah. Er stand lässig mit einer dampfenden Tasse in der Tür der Zentrale. „Der Computer hat jetzt doch noch ein Geheimnis preisgegeben."

Er ließ sich in dem Sessel vor dem Computermonitor nieder. Aseera schlürfte bereits an einer Tasse mit dem heißen Getränk und wartete auf Petrovs Ausführungen.

Der Zweite Leutnant rief eine Animation ab, die einen Baum zeigte, der sich auf seinen Wurzeln fortbewegte. Der kurze Stamm verzweigte sich nach oben in eine Ansammlung dicker und dünnerer Fangarme.

„Das, was wie Blätter aussieht, sind Teile ihres Verdauungssystems. Und sie fressen alles. Sogar Felsen."

„Dann schmeckt ihnen vielleicht der Guldurikreuzer", meinte Aseera. „Aber warum bewegen sie sich erst jetzt?"

„Wie kommen Sie darauf, dass sie sich erst jetzt bewegen?"

„Weil wir sonst mehr Spuren ihrer Verwüstungen hätten sehen müssen." Sie setzte sich vor den Bildschirm und rief die Karten ab. „Sehen Sie?" Aseera vergrößerte einige Ausschnitte. „Die Bilder sind erst wenige Tage alt. Als ich sie mir angesehen habe, fand ich keine Anzeichen von Verwüstungen, wie wir sie gestern gesehen haben."

Leon Petrov nickte nachdenklich.

„Außerdem hätte man die Stützpunkte hier nicht errichten können, wenn die Wesen dauernd herumlaufen."

Petrov lauschte interessiert.

„Erinnern Sie sich noch an die Unmengen Dünger, die hier gehortet werden?" fragte Aseera. „Kalium und Silbersulfat?"

„Ja."

„Da gibt's bestimmt einen Zusammenhang."

Aseera holte noch einmal die Informationen über die Flugrouten auf den Bildschirm. Eine Weile sah sie aus, als würde sie in eine Meditation versinken, doch dann lachte sie.

„Man füttert die Dinger. Darum wandern sie auch nicht. Warum sollten sie auch?" Sie stieß auf Daten über die Drohnen, die den Dünger verteilten. „Alle inaktiv." Nachdenklich legte sie einen Finger an die Lippen. „Mal sehen, ob wir irgendwie an die Drohnen rankommen?"

„Das Netz funktioniert noch." Petrov lächelte schelmisch. „Ich habe Erfahrung im Knacken von Netzwerken. Aber das dauert. Was haben Sie vor?"

Ein breites Grinsen war Aseeras Antwort.

Malik Zerin stand auf einer moosbewachsenen Riesenwurzel. Konzentriert starrte er in die Wirbel des Baches, der unter ihm rauschte. Das Licht der Morgendämmerung sickerte schon durch die Bäume. Er hielt sich das Intercom ans Ohr und sah besorgt aus.

Samuel Raven kam gerade dazu, als er das flache

Gerät zurück in seine Brusttasche steckte.

„Die *Detron* wurde heute früh angegriffen“, informierte Zerin den jungen Offizier.

„Schwere Schäden?“ Samuel Raven zeigte Bestürzung.

„Nein.“ Trotzdem sah Zerin nicht erleichtert aus. „Der Fürstenfamilie geht es gut. Aber es hätte nicht passieren dürfen.“

„Hat das Beben etwas damit zu tun?“

„Nein. Es war eine kleine Einheit, die einen Transporter als Bombe benutzt hat. Das Beben war etwas völlig anderes, aber es macht mir Angst. Hat sich angehört wie der Weltuntergang.“ Er rieb sich über das unrasierte Kinn. „Aber wieder zurück zu den Zimaroo. Hier muss es eine gut organisierte Widerstandsgruppe geben.“

„Zumindest hochmotiviert“, setzte Samuel Raven hinzu. „Ob unser Zielobjekt dabei ist?“

„Unwahrscheinlich.“ Zerin überlegte. „Der wird sehen, dass er von hier verschwindet. Warum sollte er sich in Gefahr bringen?“

„Ob sich unserer Zielsetzung ändern wird?“, überlegte Raven.

Malik Zerin schüttelte den Kopf. „Die Motive für unsere Operation sind ...“ Er suchte das richtige Wort. „... von besonderer Priorität.“

„Von höherer Priorität“, bestätigte Samuel Raven.

„Ich sagte von 'besonderer'“, präzisierte der Major streng. „Aber wenn wir Glück haben, besteht ein Zusammenhang und wir schlagen zwei Fliegen mit einer Klappe. Also sag den Leuten, dass wir in zwanzig Minuten aufbrechen."

Sie folgten den Spuren, so gut es ging, bis ihnen ein Haufen aus zerborstenen, umgestürzten Baumstämmen den Weg versperrte.

„Da ist was Riesiges durchgewalzt." Samuel Raven pfiff beeindruckt durch die Zähne. „Eine Baumrodung?"

„Gut möglich, wenn die Zimaroo automatische Maschinen zurückgelassen haben. Aber das hier scheint mir eine Nummer zu groß." Malik seufzte und ließ seinen Blick über die Zerstörung schweifen. „Wird schwer sein die Spuren unter dem Gehölz weiter zu verfolgen."

„Unmöglich, würde ich sagen", murmelte Samuel Raven.

„Auf alle Fälle können wir da nicht durch. Zu gefähr-lich. Die Stämme sind verdreht und unter Spannung. Wenn sich einer löst, sind wir tot."

Er holte sein Intercom hervor und rief den Truppen-transporter. Nach einigen Minuten landete das Fahrzeug und nahm Malik und den Suchtrupp auf.

„Können Sie den Fluss wiederfinden?", fragte Malik den Piloten.

„Ich aktiviere den Abtaster", kam die Antwort. Nach ein paar Sekunden piepste es. „Habe den Fluss gefunden."

„Setzen Sie uns dort ab, wo der Fluss aus dem Chaos wieder hervortritt", befahl Zerin.

„Ich habe noch etwas entdeckt", fügte der Pilot hinzu. „Ein scharfes Echo. Könnte Metall oder Beton sein. Auf jeden Fall eine glatte Fläche. Zu glatt um natürlichen Ursprungs zu sein."

„Wo?" Malik Zerin, der in der Türe zum Cockpit

stand, betrachtete die Anzeigen.

„War nur ein kurzes Echo“, entschuldigte sich der Pilot.

„Finden Sie es wieder.“

Minuten verstrichen.

„Hier haben wir etwas.“ Der Pilot klang angespannt. „Na also. Eine Bunkertüre.“

Zerin lächelte zufrieden. „Bringen Sie uns runter. Mit gehörig Abstand.“

Der Alarm gellte durch den Hangar. Automatisch erschien ein holografisches Taktikdisplay vor Aseera, die noch vor ihrem Terminal hockte. Umgeben von einem Globus aus blauen, grünen und roten Linien begann sie, die Symbole zu studieren. Das Licht in der Station wechselte in dumpfes Rot, der Alarm verstummte.

Petrov aktivierte einen holografischen Gefechtsstand.

„Ein kleiner Watson Truppentransporter.“ Aseera hatte das Fahrzeug durch einen optischen Wächter entdeckt. Das Fluggerät verschwand gerade hinter einem riesigen Wurzelknoten.

„Die haben uns entdeckt!“, Petrov setzte sich alarmiert auf.

Aseera nickte und wechselte in den aktiven Betrieb der Station. „Sie werden einen Beamhammer anfordern, um das Tor zu knacken.“

„Am besten, wir verschwinden“, schlug Leon Petrov vor.

„Wenn wir kämpfen, nehmen wir noch ein paar von denen mit.“

„Das ist doch unlogisch!“ Sein Zorn über die verrückte Tengiji loderte wieder auf. „Was sind ein paar Soldaten, wenn Sie die Gelegenheit haben, mehr zu vollbringen?“

„Hier kommen wir nicht raus.“ Aseera deutete auf zwei Punkte im Hologramm. „Sie bringen gerade zwei Abwehrrampen in Stellung. Duopacks. Strahler und Raketen. Auf die kurze Distanz und auf unsere Flucht vorbereitet, haben sie leichtes Spiel mit uns. Jemand bewegt sich auf dem Pfad zum hinteren Bunkereingang.“

Petrov betrachtete die Szene und seufzte. Diesmal hatte sie Recht. Es gab kein Entkommen.

Aseera aber schien zuversichtlich. „Es gibt eine Möglichkeit. Wie weit sind Sie mit den Drohnen?“

„Ich habe alle lokalisiert, aber es ist ein ziviles System. Wir haben Daten über Kennungen und Flugrouten. Um den Flugverkehr abzustimmen, bräuchte ich schon etwas mehr. Typenbezeichnungen und ihre technischen Unterlagen.“

„Schaffen Sie das, oder nicht?“

Ohne zu antworten, machte sich Petrov an die Arbeit.

Ein weiterer Alarm ließ sie kurz aufschrecken.

„Jetzt haben sie den hinteren Bunkereingang entdeckt.“ Aseera betrachtete die Szene auf einem Monitor und konnte fünf Soldaten sehen, die gerade eine Sprengladung an der Panzertüre anbrachten - eine Oponi, drei Menschen und ein großer Akkato. Dann setzte einer der Menschen die Kamera mit einem Schuss außer Betrieb.

„Ich muss mich darum kümmern“, brummte die Tengiji und sprang auf.

„Sagen Sie mir nur noch, was Sie mit den Drohnen vorhaben.“ Petrovs Finger flogen über die holografische

Tastatur. „Ich habe noch keinen Zugriff.“

„Starten Sie die Drohnen, sobald sie Zugriff haben. Lassen Sie sie die Ladung über den Planeten verteilen. Eine große Portion werfen sie über unserer Position ab. Dann hilft nur noch beten.“

Petrov verstand und nickte grimmig. Ob er wollte oder nicht, es gab Momente, da fand er Geschmack an ihrer Kooperation.

Aseera holte sich zwei Gewehre und befahl dem großen Reparaturroboter, eine Kiste mit Munition aufzunehmen und ihr zu folgen. Dann eilte sie die flachen Stufen zum Hinterausgang hinunter. Einige Meter vor der schweren Türe ließ sie den Roboter die Kiste absetzen.

„Wir brauchen eine Barrikade. Einheit: Wechsel in den Verteidigungsmodus.“

„Wechsel vollzogen“, töne es aus dem Schädel der Maschine. Während Aseera die Kiste öffnete und ein paar Minen herausholte, stapfte der Roboter davon, um Material für die Barrikade zu besorgen.

Eine Detonation erschütterte den Korridor. Ein diagonaler Riss öffnete sich dröhnend in der Panzertür. Metallfetzen schossen an der Tengiji vorbei. Asseera holte einige Minen aus der Kiste, lief zur beschädigten Panzertüre und befestigte die Sprengladungen an den Wänden. Dann hastete zurück und holte die Gewehre aus dem Behälter. Aseera konnte die Stimmen der Angreifer durch die Türe hören. Sie schienen mit schwerem Gerät zu hantieren.

Schließlich kehrte der Roboter zurück. Er trug das löchrige Leitwerk eines Fluggerätes auf seinen Armen und schleuderte es gegen die Panzertüre, wo es sich zwischen den Wänden verkeilte.

„Postiere dich davor", befahl Aseera. Die massige Maschine breitete Arme und Beine aus, um möglichst viel Raum abzudecken. Schweißwerkzeuge und Greifer wurden ausgefahren, Meißel und Brecheisen.

Aseera holte ein kleines Fläschchen aus ihrem Gürtel. Gleich darauf erfüllte scharfer Essiggeruch die Luft. Sie träufelte ein paar Tropfen auf ihre Fingerspitzen und rieb damit die Enden einiger schmaler Zöpfe ein, die in ihr dichtes Haar geflochten waren. Die Haarspitzen verloren sofort an Farbe, wurden weiß und spröde.

Eine weitere heftige Explosion erschütterte den Raum. Teile der Barrikade flogen davon. Der Roboter wurde von der Druckwelle erfasst und stürzte zu Boden. Dort blieb er reglos liegen.

Der Akkato tauchte zuerst aus den grauen Rauchschwaden auf. Aseera feuerte zwei gezielte Schüsse ab. Sie traf den Hünen an der Brust, aber der Panzeranzug schützte ihn. Er schlüpfte durch die Reste der Barrikade, zwängte sich an dem Roboter vorbei und legte mit seinem Gewehr, groß wie eine Kanone, auf Aseera an.

In diesem Moment fuhr eine stählerne Zange aus dem Sortiment des Roboters an seinen Hals und drückte zu. Dem Akkato blieb nicht eine Sekunde um zu reagieren. Es knackte. Dann sackte er leblos zusammen.

Schüsse klatschten hinter Aseera gegen die Metallwand. Einige Salven trafen den Roboter, der sich aufzurichten versuchte.

Die Guldiri stürmten den Bunker. Darauf hatte Aseera nur gewartet. Mit einem beherzten Druck auf den Auslöser zündete sie die Minen. Die Welt um sie herum verging in Donner, Licht, Feuer und Rauch.

Petrov hörte den Kampflärm bis hinauf in den Hangar.

„Wartungseinheiten!", rief er den Robotern in der Halle zu. „Den Sota aus der Halterung lösen!"

„Die Reparaturen sind noch nicht abgeschlossen", wendete die kleinere Maschine ein.

„Befehl ausführen", wiederholte Petrov bestimmt.

Halterungen lösten sich. Die Hebebühne glitt in den Boden. Der Sota stand flugbereit im Hangar. Die beiden Roboter traten von der Maschine zurück.

„Verteidigungsbetrieb", fuhr Petrov fort, „hinteren Bunkereingang sichern." Die beiden Wartungseinheiten eilten los, um Aseera beizustehen.

Inzwischen hatten die Gulduri ihre Stellung weiter ausgebaut. Ein Strahlenprojektor stakste auf massigen Beinen heran und richtete die Trichtermündung auf das große Tor. Gleich darauf ließ ein dumpfer Schlag das Tor erbeben.

Petrov leitete beinahe sämtliche Energien in den Abwehrschild des Tores, dann versuchte er sich wieder den Drohnen zu widmen, die sich gerade über den Planeten verteilten. Nach einigen Versuchen hatte er Erfolg. Die Zugangsdaten konnten über eine Ausnahmeregelung für den militärischen Stab geöffnet werden. Er probierte einige Codes aus, die er in früheren Missionen gebraucht hatte.

Endlich – Zugriff!

Er bestätigte den Ausnahmezustand. Die Daten der Drohnen eilten in langen Reihen über den Schirm.

„Fütterung", murmelte Petrov grimmig und legte ein chaotisches Flugmuster für die Drohnen fest. Einige jedoch programmierte er speziell nach Aseeras Anweisung und führte sie direkt zu ihrem Stützpunkt.

Die Tengiji kroch betäubt über den Boden. Schwelende Splitter schnitten in ihre Handflächen, versengten die Haut. Ihre Schulter schmerzte. Irgendetwas hatte sie mit Wucht getroffen und eine schwere Prellung verursacht. In ihren Ohren rauschte und dröhnte es wie in einer Stahlmühle. Sie nahm eine Bewegung wahr und erstarrte. *Beruhige dich*, mahnte sie sich. *Reiß dich zusammen, du bist nicht alleine und du musst deinen Feind erkennen können.*

Aseera horchte gespannt. Jemand kämpfte sich durch das Gewirr aus verbogenen Metallpanelen und Streben. Elektrische Entladungen knisterten, das Wimmern einer elektronischen Stimme erklang, dann hauchte der Roboter sein Leben aus. Etwas fiel krachend zu Boden. Jemand keuchte und fluchte. Eine weibliche Stimme.

Das Rauschen in ihren Ohren verschwand. Aseera starrte in den Qualm, der den Korridor füllte. Die Welt wirbelte um sie herum. Sie sah alles zweimal. Die Tengiji meinte, eine Silhouette zu erkennen, die in den Rauchschwaden taumelte. Schließlich überlagerten sich die doppelten Bilder und fügten sich zusammen. Sie konnte nun eine große, blonde Oponifrau sehen, die gerade eine der Wartungseinheiten mit einer kurzen Vibroklinge in zwei Hälften geteilt hatte. Die Frau, die Aseera um gut eine Armlänge überragte, presste sich die linke Hand auf den Bauch, wo sich ein großer roter Fleck über die beige

Gulduriuniform ausbreitete. Das Schwert, mit dem sie die Roboter tranchiert hatte, warf sie beiseite und zog einen summenden Vibrodolch aus dem Gürtel. Ihre saphirblauen Augen fixierten Aseera kalt, ihr Grinsen entblößte ein makelloses, weißes Gebiss. Die verlängerten Eckzähne jagten Aseera einen Schauer über den Rücken. Die Oponi war mit wenigen Schritten bei ihr und stach zu, als Aseera einen verzweifelten Sprung nach vorne machte und gegen ihre Angreiferin prallte. Doch die große Oponi war darauf gefasst, und machte einen halben Schritt auf die Tengiji zu. Aseera prallte von ihrer Gegnerin ab, als sei sie gegen eine Mauer gelaufen. Immerhin verlor die angeschlagene Oponi das Gleichgewicht und stürzte beinahe auf Aseera. Noch im Fallen holte die Frau zu einem Stoß mit ihrer summenden Klinge aus.

Instinktiv bog sich Aseera zur Seite. Die Vibroklinge verfehlte ihren Bauch und kratzte über den Boden. Für einen Moment hielt die riesenhafte Angreiferin irritiert inne.

„Machs uns nicht so schwer, Kleine", keuchte die Oponi.

Aseera wand sich herum, robbte davon, aber die Angreiferin erwischte ihren Knöchel und zog sie zurück. Ein weiterer Stich verfehlte ihren Kopf und die Klinge blieb im Boden stecken. Vergeblich versuchte die Frau, das Messer wieder herauszuziehen.

Plötzlich spürte Aseera die harte Hand der Oponi an ihrer Kehle. Wehrlos vor Schmerz verlor sie beinahe die Besinnung. Der Boden entfernte sich unter ihren Füßen, als ihre überstarke Angreiferin sich aufrichtete und Aseera mit sich in die Höhe hob. Sie brachte ihr Gesicht ganz nah an das der Tengiji.

„Warum machst du uns so viel Ärger, Kleine?“ Ihre Stimme rollte voll, tief und klang doch sehr weiblich.

Aseera kämpfte gegen die Bewusstlosigkeit an. Wenn das ihr letztes Stündlein war, überlegte sie, so war sie immerhin in den Genuss dieses Klanges gekommen. Die Stimme eines Todesengels.

Plötzlich durchfuhr ein Zittern den Boden. Die Oponi lockerte für einen Augenblick ihren Griff. Aseera holte Atem. Ihre Sinne flackerten kurz auf.

„Keine Chance, Schätzchen“, flüsterte die Gulduri-kriegerin und drückte wieder fester zu.

Aseera nahm ihre letzte Kraft zusammen und drehte den Kopf mit einem überraschenden Ruck zur Seite. Ihre Zöpfe peitschten der Oponi ins Gesicht. Feine rote Striemen leuchteten auf ihrer blassen Haut. Die Kraft in ihren Fingern ließ augenblicklich nach. Die Tengiji schöpfte Atem.

Der Blick in den großen blauen Augen glitt plötzlich ab ins Leere. Finger, und Arme verloren ihre Kraft. Ihre Muskeln erschlafften, sie sackte zusammen und ihr schwerer Körper begrub Aseera unter sich.

Keuchend versuchte Aseera sich zu befreien. Vergeb-lich. Der Körper der Oponi war Blei auf ihrer Brust. Dieser Kampf – sie konnte sich nicht erinnern, jemals so einen harten Kampf hinter sich gebracht zu haben – hatte ihre letzten Reserven aufgezehrt. Die Bauchverletzung der Oponi war doch schwerwiegender gewesen als es den Anschein hatte. Mit letzter Kraft drückte sie die tote Oponi zur Seite, schob sich auf die Knie und stand schwankend auf. Wieder bebte der Boden und das Licht erlosch. Aseera taumelte durch die Dunkelheit. Der Beton unter ihren Füßen schaukelte auf und ab und schleuderte die junge Frau so heftig gegen die nächste Wand, dass sie Sterne sah. Sie fühlte Panik aufsteigen. Fieberhaft suchte sie in ihrem benebelten Hirn nach einem Mantra, gegen die Angst. Ein Mantra, ein Mantra …

Plötzlich zuckte ein greller Blitz durch den Gang, blendete ihre Augen. Jemand packte sie an der verletzten Schulter. Sie keuchte vor Schmerz und bekam trotz ihrer Schwäche das Handgelenk des Angreifers zu fassen. Die Gegenreaktion kam unerwartet. Unvermittelt wurde Aseera um die eigene Achse geschleudert und gegen die Wand gepresst; den Arm schmerzhaft auf den Rücken gedreht.

„Beruhigen Sie sich", hörte sie Petrovs Stimme. Er senkte die Taschenlampe. „Wir müssen hier raus. Unsere hungrigen Freunde sind schon da."

Kapitel 7

Malik Zerin traute seinen Augen nicht. Der ganze Wald war in Bewegung geraten. Blätter und Lianen, mächtig wie Baumstämme, krachten herab. Wipfel schwankten und bogen sich zur Erde. Zwischen den riesigen Stämmen erhob sich eine wirblende, güne Wand aus Zweigen und Blättern. Das Sonnenlicht verlosch. Tiefgrüne Ranken entrollten ihre Fangarme, schlangen sich um die Baumstämme und zerbrachen sie wie Streichhölzer. Der Waldboden erwachte, erbebte und wand sich, wie die Riesenschlange einer grausamen Sage.

Der Beamhammer, der gerade einen Teil des Bunkertores in fragiles Kristall verwandelt hatte, versank in einer Erdspalte. Eine sich windende Wurzel, zischte aus dem Grund hervor, peitschte über den Waldboden und fegte niedrige Büsche und Bäume davon.

Der Transporter preschte heran, um Malik Zerin aufzunehmen. Mit einem kraftvollen Satz sprang er durch die geöffnete Luke. Samuel Raven stolperte hilflos herum, während der Untergrund zu einem bröckeligen Acker wurde.

Ein Blatt senkte sich herab, faltete sich entlang der Mittelader auf und schnappte sich einen der Soldaten. Fangarme schnellten auf Samuel Raven zu. Geistesgegenwärtig legte er sein Gewehr an und feuerte eine Garbe auf die zuckenden Tentakel. Die Ranken knickten ein. Aromatischer Geruch von Pflanzensaft erfüllte die Luft.

„Beeilung!", schrie Malik Zerin und streckte ihm die Hand hin, als der Transporter in Bodenhöhe auf den jungen Offizier zuflog. Mit einem Ruck wurde Samuel Raven in den Gleiter gehoben.

Steil schoss das Fahrzeug in die Höhe. Geschickt wich der Pilot einer Liane aus, die ein Netz aus zahllosen Seitenranken über ihn zu werfen versuchte.

Sonnenlicht glitzerte zaghaft durch die monströsen Wipfel. Blauer Himmel wurde sichtbar. Der Pilot forderte seiner Maschine das Letzte ab und flog aus dem grünen Dunkel ins helle Tageslicht hinein.

Ein haariger Tentakel schlug nach dem kleinen Gefährt, als sei es eine lästige Fliege. Der Pilot jagte sein Schiff weiter in die Höhe, bis das Ungeheuer aufgab und unter ihnen im Wald versank, wie ein Wal der in den Ozean zurücktauchte.

„Mein Gott!“ Samuel Raven zitterte vor Wut, Angst und Erleichterung. Sein Vorgesetzter grinste ihn belustigt an.

„Das nenne ich mal einen beeindruckenden Anblick.“ Er starrte auf das Inferno weit unter dem Transporter.

„Thion Sira hat das bestimmt nicht überlebt“, meinte Raven etwas ruhiger, aber Malik Zerin schwieg.

Petrov stützte die hinkende Aseera auf dem Weg in den Hangar.

Die Beleuchtung flammte wieder auf. Aseera atmete beim Anblick des startbereiten Sota auf. „Was ist?“, fragte sie.

Petrovs Gesicht versteinerte. „Das Tor hat sich verformt. Wir können es nicht mehr öffnen. Und das Loch, das die Gulduri eingestanzt haben, ist gerade mal groß genug für einen Mann. Der Sota kommt da nicht durch.“

Aseera schaute ihn an, dann das Tor. Dann den Sota. Und wieder zum Tor. Nicht nur, dass dieser mickrige Leutnant ihr das jetzt nunmehr wertlose Leben gerettet hatte. Er hatte ein weiteres verdammtes Mal Recht. Die Tengiji spürte, wie ihre Zuversicht gefror. Sie hatte zuviel riskiert, ohne etwas zu bewegen.

Unversehens schnellte eine Lianenschlange durch die Öffnung, die der Beamhammer gebohrt hatte. Der Tentakel knallte an die Decke. Ein Trümmerregen ging auf Aseera und Petrov nieder. Anschließend tastete die Spitze des Tentakels über Wände und Boden. Er schleuderte Maschinen, Fahrzeuge und Geräte herum und riss die Wandverkleidung herab. Knapp verfehlte er den Sota, verdrehte sich wie ein Korkenzieher und riss das Bunkertor samt Rahmen heraus.

Petrov und Aseera starrten sich an.

„Los jetzt!", schrie Petrov, als grelles Sonnenlicht in die Station flutete.

Der Boden barst und mit ihm ein Teil der Wände. Etwas Mächtiges hob das Fundament der Station an. Das Gebäude drohte entzwei zu brechen.

Aseera plumpste unsanft in ihren Sitz. Ihre Schulter schmerzte. Sie konnte die Maschine nur mit Mühe starten.

Die Kanzel wurde versiegelt, der Sota hob ab. Aseera wendete die Maschine. Sie gab vollen Schub, gerade als ein gigantischer Wurzelstrang herabpeitschte und den Stützpunkt zertrümmerte.

Der Sota sauste wie ein Pfeil an dem schrundigen Körper des Uturu vorbei. Mit seinen mächtigen Wedeln schlug das Geschöpf nach der winzigen Maschine. Der

Jäger beschrieb eine langgezogene Kurve, beschleunigte weiter und jagte davon.

„Ich habe etwas auf dem Schirm“, meldete der Pilot des Truppentransporters. „Ein Sota Typ 18.“

„Melden Sie es an die Wachschiffe“, befahl Zerin. „Wir bleiben hier.“

„Wieso?“, wollte Samuel Raven wissen.

„Unsere Wachschiffe sind schwach verteilt. Ich schätze, sie werden durchbrechen. Egal, was wir jetzt machen.“

„Dann ist die Mission fehlgeschlagen.“

„Nein. Weil wir Thion Sira letztendlich finden werden.“

„Wie sollen wir das machen, wenn er durchbricht und verschwindet?“

„Wenn es dort unten wieder ruhiger geworden ist, sehen wir uns etwas um.“

Samuel Raven machte große Augen.

„Sie sind doch nicht in die Streitkräfte eingetreten, um es sich bequem zu machen?“, scherzte Malik Zerin.

„Von Raubtierbändigung war nicht die Rede gewesen“, gab Raven zurück. „Ich weiß nicht mal, mit was ich es da unten zu tun hatte. Bei den Zimaroo kann ich zumindest einschätzen ...“

Malik legte ihm die Hand auf die Schulter. „Das gehört dazu, wenn man auf einem Spezialeinsatz ist. Freuen Sie sich auf neue Erfahrungen.“

Kapitel 8

Aseera belastete den Antrieb ihrer Maschine bis zum Äußersten.

„Ich bin noch immer nicht der Meinung, dass Sculpa Trax ein geeignetes Ziel ist." Petrov dachte nach. „Es ist unser Gebiet. Und es ist ziemlich unwahrscheinlich, dass die Gulduri den Planeten noch nicht angegriffen haben."

„Scutra ist in jedem Fall ein zu großer Happen", gab Aseera zu Bedenken. „Die Arbeiter dort sind sehr loyal. Die werden den Gulduri gehörig zusetzen. Außerdem kenne ich Rees Baker. Das habe ich Ihnen doch erzählt. Der wird mir weiterhelfen und den Sota wieder hyperflugfähig zu machen. Dann fliegen wir nach Sunem. Ich bin mir sicher, der Generalstab plant dort einen Gegenschlag."

„Bestimmt", brummte Petrov und klang nicht sehr zuversichtlich.

„Im Übrigen", überlegte Aseera. „Wo haben Sie den Abwehrgriff gelernt?"

„Was meinen Sie?"

„Unten im Korridor." Die Augen der Tengiji blitzten anerkennend. „Das war perfekt. Noch dazu in der Dunkelheit. Der Griff ist nicht einfach. Sie hatten noch dazu die Lampe in der Hand."

„Unter Stress ist man eben konzentrierter", versuchte er zu erklären. „Das war eben Glück."

„Das Fayroo kommt in Reichweite", sagte Aseera statt einer Antwort.

Sonnenlicht brach sich in dem gigantischen goldenen

Reif des Fayroo und blendete Aseera. Die vielen Wracks, selbst die der großen Kreuzer, wirkten winzig dagegen.

Aseera sendete ein Kennungssignal, um die Verteidigungsanlagen des Fays zu entwarnen. Wieder spürte Aseera das unangenehme Kribbeln, als der Kiray, der Lenker des Fay, nach ihren Gedanken griff.

„Sculpa Trax", wisperte Aseera, aber der Kiray hatte ihre Gedanken längst gelesen.

Das silberhelle Weiß der Zwischenwelt schluckte den Sota, nahm ihn auf und schleuderte ihn nach Sculpa Trax.

***

Der Stützpunkt befand sich in Auflösung. Die *Detron* hatte sich bereits in die Höhe erhoben und schwebte über dem Areal, wie ein Todesengel. Die Geschütze an ihrer Unterseite schossen auf das Baumwesen, dessen aufgefächerte Wurzeln Beton, Stein und Metall zermalmten.

Die begleitende Flotte war aufgestiegen und umkreiste das Monstrum. Jäger beharkten es, Bomber ließen ihre gesamte Last darauf niedergehen. Flammenpilze versengten die Zweige des Tieres oder was immer es auch sein mochte. Aber sie schienen keinen nennenswerten Schaden anzurichten.

Die *Detron* flog davon und spuckte noch ein paar ärgerliche Salven auf den seltsamen Angreifer. Die Begleitschiffe schlossen auf und bald hatte die Gulduriflotte Farrel verlassen.

„Was um alles ...", wisperte Malik Zerin bestürzt. Der Blick aus dem breiten Fenster der unteren Beobachtungskanzel bot ein aufregendes Panorama auf einen ruhelosen

Dschungel.

Samuel Raven war fassungslos. „Sind die auf Wanderschaft?"

„Sieht so aus. Aber warum jetzt? Ich tippe auf eine beabsichtigte Katastrophe." Zerin konnte nicht umhin, diesen Schachzug zu bewundern.

Samuel Raven fuhr sich mit der Hand über die Stirn und seufzte. „Was für ein mieser Tag."

„So übel ist er gar nicht,, widersprach Malik und starrte mit schaudernder Faszination auf das Geschehen. „Dieser Planet ist für uns wertlos. Agrarwelten haben wir genug. Wir konzentrieren uns lieber auf Welten mit besserer Infrastruktur. Und was unseren Auftrag angeht", er tippte auf den abgetrennten blechernen Schädel der Wartungseinheit, die sie in den Trümmern des Bunkers gefunden hatten, „hier drin können wir bestimmt ein paar brauchbare Informationen finden."

„Wenn wir Glück haben." Raven klang nicht überzeugt.

„Natürlich." Malik Zerin gab sich überrascht. „Es geht meist nur ums Glück. Viele der sogenannten Erfolgreichen tun so, als seien sie Könner. Aber letztlich ist Glück der entscheidende Faktor."

Abner Defoe erwartete Malik Zerin in seinem Büro auf der *Detron*.

„Nun? Hatten Sie Erfolg?", wollte er wissen.

„Das kann man noch nicht sagen", antwortete Malik ausweichend.

„Er ist Ihnen also entkommen", stellte Defoe fest.

„Die Mission ist noch nicht beendet. Es war kein Zeitlimit vereinbart. Und wie ich die Lage beurteile, ist unser Unternehmen hier sowieso aussichtslos. Wir würden ohnehin abrücken. Thion Sira hin, oder her."

„Ja", gab Defoe zu. „Der Aufwand, sich gegen diese Wesen zu behaupten, ist zu groß."

„Die Zimaroo kannten wohl einen Weg, sie sich vom Leib zu halten."

„Wie auch immer." Defoe musterte den Major. „Sie scheinen zuversichtlich zu sein."

„Ja, das bin ich."

„Das gefällt mir." Defoe lächelte aufrichtig. „Ich bin geneigt, Ihnen zu glauben. Oder besser; ihnen zu vertrauen. Sagen Sie mir, was Sie an Material benötigen und ich bin bereit, Sie auszurüsten."

Zerin zögerte nur eine Sekunde. Dann hatte er seine Verblüffung überwunden.

„Ich brauche ein Kanonenboot. Chimära-Klasse. Mit den dazugehörigen drei Bullit-Jagdmaschinen. Zwanzig Mann Besatzung. Ich werde sie auswählen."

„Teures Equipment." Defoe hob die Augenbrauen. „Bieten Sie mir einen Anhaltspunkt. Wo wollen Sie suchen?"

„Sculpa Trax", meinte Malik Zerin auf gut Glück.

Defoe nickte. „Gut, Sie haben Ihre Schiffe. In zehn Stunden will ich Ihre Mannschaft sehen."

Nach Schiffszeit war es mitten in der Nacht. Samuel Raven war müde und kaute einen Tember-Kin-Kaugummi, der ihn durch zwei Schichten ohne Pause wach hielt.

Die Werkstatt war nur schwach besetzt. Malik, der ein

ganz passabler Techniker war, hielt auf einen kräftigen Mann zu, der ihn offenbar erwartete.

„Nehmen wir diesen Raum“, sagte Jurik Hoffer und führte die Beiden in eine der kleineren Montagekammern des Hangars.

Samuel Raven wollte gerade die Kammer verschließen, da hielt ihn der Mechaniker zurück. „Kein Aufsehen“, zischte er. „Ich will keinen Ärger. Einfach nur etwas leise sein. Kapiert?“

„Darum geht es.“ Malik gab seinem Adjutanten einen Wink. Der holte den Roboterkopf aus einem Tornister.

„Was soll ich machen?“ Hoffer nahm den Schädel entgegen und wog ihn in der Hand.

„Ich brauche seine Aufzeichnungen“, erklärte der Major. „Ich gehe davon aus, dass sie nicht gelöscht wurden.“

„Eine Wartungseinheit? Was sollen die Dinger denn Wichtiges aufzeichnen?“, wunderte sich Hoffer. Doch dann huschte Überraschung über sein Gesicht. „Wer löscht schon das Gedächtnis von Wartungseinheiten?“, murmelte er bedächtig. „Oh, Mann. Die laufen überall herum und keiner denkt daran, dass sie Augen und Ohren haben.“

„Was bin ich doch schlau“, bemerkte Malik. „Ich könnte mich in mich selbst verlieben.“

Malik platzierte den Schädel auf einer Vorrichtung mit allerlei Kabeln und Schläuchen und der Chefmechaniker schaltete einige der Diagnosegeräte ein.

Hoffer wirkte sehr interessiert, als das Hologramm das Innenleben einiger Zimaroo-Kampfjäger in die Luft projizierte.

„Ich lasse dir das Ding da, mich interessieren nur die letzten paar Tage, aber beeile dich bitte“, drängte Malik Zerin.

Der Mechaniker ließ die Aufzeichnung vorlaufen. Die Zimaroo wuselten im Schnelltempo herum, räumten die Station und dann fror das Bild scheinbar ein. Aber das lag nur daran, dass es nach der Evakuierung keine Bewegung mehr im Stützpunkt gab. Aber plötzlich huschte ein Punkt durch das Bild.

„Stopp!“, befahl der Major. „Zurück. Und stopp. Normalgeschwindigkeit.“

Ein dicklicher Mann mit schütterem Haar, in der blaugrünen Uniform der Zimaroo, war gerade durch das Hauptschott in den Bunker getreten. Er wirkte gehetzt und hatte eine Pistole gezogen.

„Stopp.“ Das Bild erstarrte erneut. „Vergrößern.“

Petrovs Gesicht füllte das Blickfeld.

„Speichern. Von ihm brauche ich noch ein paar Bilder.“

Die Aufzeichnung lief weiter, bis der Sota in der Halle aufsetzte.

„Eine Tengiji“, stellte Samuel Raven fest. „Erkennt man an den Haaren.“

Eine Weile tat sich nichts Besonders, erst wieder, als der Torus umgebaut wurde und Petrov und Aseera miteinander sprachen. Die Audioaufzeichnung war zwar gut, aber die Stimmen der Beiden wurden vom Kreischen, Brummen und Hämmern der Werkzeuge überlagert. Samuel Raven blickte angestrengt, Zerin Malik hingegen schloss die Augen, um sich auf die Stimmen hinter den Geräuschen zu konzentrieren und dann hörte man einen

Namen deutlich heraus. Die Tengiji und der imperiale Agent diskutierten darüber, ob Sculpa Trax ein geeigneter Zufluchtsort war, bevor man weiter nach Sunem flog. Und ein Name wurde genannt, aber man konnte ihn nicht richtig verstehen. Er hörte sich an wie Iseker. Aber egal; nun hatten sie bereits mehr als sie erhoffen konnten.

„Glück muss man haben", Malik zwinkerte Samuel zufrieden zu. „Und wenn man dazu noch ein Könner ist ..."

Der Sichelmond krönte die laue Nacht auf der kleinen Welt Akkos. Die *Medusa*, ein Chimära-Kanonenboot, wurde von einem Trägerschiff herbeigeschafft. Man platzierte es auf einer ausgedehnten grasigen Ebene, weit weg von der *Detron* und den Augen des Fürsten Betran da Gulduri. Es sah wie eine 50 Meter lange Wespe aus, was durch die schwarzgelbe Lackierung unterstrichen wurde. Unter den fünf Hecktriebwerken hingen drei Jäger in den Halteklauen. Das Schiff selbst ruhte auf sechs Beinen, die denen eines Insektes nachempfunden waren.

Abner Defoe schritt durch das hohe Gras, in dem der warme Nachtwind wisperte. Er sah eine Mannschaft aus dreizehn Individuen, zehn Männer und drei Frauen. Vier Oponi, davon zwei Männer, zwei Frauen und drei Akkatos. Zwei Weibliche, ein Männlicher.

Defoe runzelte die Stirn. „Nach welchen Kriterien haben Sie die Leute ausgewählt?"

„Ich habe bereits mit ihnen gearbeitet", erläuterte Malik Zerin. „Wir verstehen einander, ohne viel Worte zu machen. Quatschköpfe sind mir ein Gräuel."

„Ich riskiere viel, indem ich Ihren Wünschen nachgekommen bin", Defoe vermied es, mahnend den Finger zu heben. Stattdessen stemmte er die Fäuste in die breiten Hüften. „Enttäuschen Sie mich nicht. Und erstatten Sie regelmäßig Bericht."

„Ersteres: ja!" sagte Malik bestimmt. „Zweiteres: nein!"

„Was soll das heißen?" Der Colonel sah Malik erstaunt an.

„Kein Kontakt, solange die Mission läuft", erklärte der Major. „Und ich entscheide, ob ich Kontakt aufnehmen möchte und wie."

In der Stille war nur das verhaltene Flüstern der Halme zu vernehmen.

„Sie verlangen wirklich viel", meinte Defoe säuerlich.

„Entsprechend dem Gewicht der Mission", gab Malik zu Bedenken. „Oder sehe ich das falsch?"

„Nur eine Warnung für den Weg", Abner Defoe kam so nahe, dass nur Zerin ihn hören konnte. „Versuchen Sie nicht, mir auf der Nase herumzutanzen. Ich weiß, dass es um alles geht, aber ich weiß mich auch zu rächen, wenn jemand mich für dumm verkaufen will. Also machen Sie diese Mission zu einem Erfolg. Eine andere Option gibt es nicht."

Die Brücke der *Medusa* war geräumig. Durch das große Prallschirmfenster hatte man einen fantastischen Blick über die Ebene. Die vier Sessel verloren sich fast zwischen den zahlreichen Monitoren und Holoprojektoren. Hier sollten Pilot, Co-Pilot, Navigator und Waffenmeister Platz finden, beständig im Blick des Kommandanten und des Ersten Offiziers, die in noch luxuriöseren

Sesselausführungen dahinter thronten und alles im Blick hatten.

Hinter der Brücke ging es in die Unterkünfte sowie in den Mannschafts- und Maschinenraum.

„Wie soll sich ein Akkato da reinsetzen?", maulte Borkan, als er die Brücke betrachtete.

„Du bekommst einen der Bullits", bestimmte der Major. „Der ist auf dich zugeschnitten. Außerdem kann man die Sitze auswechseln, falls dir trotzdem was nicht gefällt. Hauptsache, eure Kojen passen."

Die Akkatos knurrten unzufrieden.

Malik Zerin ging mit seinen Leuten durch die *Medusa* in den Mannschaftsraum. Die Kanzeln der Bullits konnte man durch Bodenluken der *Medusa* besteigen. Die Glaskuppeln waren zurückgezogen. Borkan sprang in eine der Maschinen hinein. Der Sitz ähnelte dem eines Motorrades und der Akkato lag bäuchlings darauf. Er betätigte einige Knöpfe und Schalter, dann lachte er zufrieden.

„Ich liebe diese Bullit Dinger", brummte er, „Robust und zuverlässig wie eine Akkatofrau."

Die beiden Akkatofrauen zischelten ein paar abfällige Bemerkungen über Borkan in ihrer Sprache, aber er beachtete sie überhaupt nicht.

„Ein hübsches Schiff", meinte die schwarzhaarige Oponi namens Ameka Thao.

„Macht euch mit der *Medusa* vertraut", befahl Malik Zerin. „Ihr habt eure Zuteilungen. - Unteroffizier Raven. Bringen Sie uns nach Sculpa Trax. Hyperpassage. Wird gut vierzig Stunden dauern. Ich hau mich inzwischen aufs Ohr." Damit überließ der Major seine Leute sich selbst.

Kapitel 9

Die 21 Stunden, 33 Minuten und 12,4 Sekunden, die eine Fayroopassage dauerte, verlangten Aseera alles ab. Auch wenn sie mit Schmerzmitteln vollgepumpt war, sie fühlte, wie ihre Schulter pochte und pulsierte. Aseera hoffte, nicht in Kämpfe verwickelt zu werden. Die Narkotika schränkten ihre Reaktionsfähigkeit stark ein und die Schmerzen machten es unmöglich, den Sota im Kampf zu manövrieren.

Ihre Hoffnung wurde enttäuscht. Vor dem Fay hatte es eine heftige Schlacht gegeben. Eine Zimaroo-Fregatte trudelte gerade hilflos auf das Fayroo zu. Der massige Schiffskörper driftete vorbei und näherte sich unaufhaltsam der goldenen Pforte. Doch noch ehe das Wrack in die riesige Konstruktion einschlagen konnte, verschwammen seine Umrisse, wurden verzerrt und lösten sich auf. Aseera keuchte. Das Fay hatte sich selbst verteidigt und das kleine Schlachtschiff ins Nichts geschleudert. Sie hatte davon gehört, aber nie mit eigenen Augen gesehen, wie diese geheimnisvollen Pforten einen Angriff abzuwehren vermochten.

Die Tengiji konnte Guldurieinheiten heranrasen sehen, Ratts und schwer bewaffnete Pulsare. Aseera wusste, dass sie einen Kampf nicht lange durchhalten konnte.

Petrov übernahm das Steuer und nahm einen der Ratts ins Visier. Noch bevor Aseera an ihnen vorbeizog, verging eine Maschine in einem lodernden Feuerball. Die anderen wichen aus und setzten sich hinter den Sota.

„Gratulation", keuchte die junge Frau durch die Zähne - das Schmerzmittel ließ wieder nach. „Ich schlage für

Sie eine Beförderung vor."

„Nein, danke, das bedeutet nur mehr Verantwortung und Ärger", witzelte Petrov.

Der verbliebene Ratt und die Pulsare konnten dem schnellen Sota nicht folgen. Stattdessen schossen sie Raketen hinter ihm her. Die Flugkörper holten auf. Aseera leitete Waffen- und Schildenergie in den Antrieb, beschleunigte auf ein Zehntel der Lichtgeschwindigkeit und jagte Scutra entgegen. Der graue Planet, mit seinem Muster von Landefeldern, schien sich vor ihnen aufzublasen, so schnell stürzten sie auf die Raumhafenwelt zu.

Die Raketen fielen hinter dem Sota zurück und vollzogen wirre Manöver. Sie hatten ihr Ziel verloren.

Die Triebwerke hatten inzwischen die Grenze ihrer Leistungsfähigkeit erreicht. Die Anzeigen glommen rot.

Aseera drosselte die Geschwindigkeit. Bei dem Tempo in das Trümmerfeld eines Schlachtfeldes, oder in den dichten Verkehr um Sculpa Trax zu geraten, wäre tödlich gewesen. Aber es war zu spät. Das rechte Triebwerk versagte unter der Belastung und begann zu stottern.

„Bakers Sektor liegt direkt voraus", informierte Aseera ihren Leutnant. „Ich gehe steil in die Atmosphäre."

„Sind Sie wahnsinnig?", schrie Petrov. „Warum die ganzen Umstände, wenn Sie uns jetzt umbringen wollen?!"

„Habe ich nicht vor." Aseera verstärkte die Schilde, dann tauchte sie in die Atmosphäre ein. Wirre Lichterscheinungen zogen über das Schild. Es knisterte und beinahe wurde sämtliche Energie aus dem Reaktor gesaugt, um den Aufprall auf die Atmosphäre abzumildern. Petrov verfolgte, wie der Balken der Energieanzeige kürzer und kürzer wurde. Er biss die Zähne zusammen und hielt den Atem an.

Der Schild wurde schwächer, die Hülle begann zu glühen. Teile wurden abgerissen und prallten gegen die Kanzel. Aseera zog am Steuer. In ihrer Schulter raste der Schmerz. Einzelheiten der Oberfläche des Planeten wurden sichtbar. Schiffe, die auf den Rollfeldern standen, Gebäude, Bodenfahrzeuge. Einen unendlichen Augenblick fiel der glühende Sota wie ein Komet dem Planeten entgegen. Aber allmählich schwenkte Aseera ihn auf eine flache Flugbahn ein. Der Horizont tauchte auf. Die Spitzen hoher Gebäude schossen vorbei. Aseera flog unter dem Bauch eines Gudurikreuzers hindurch, der gerade getroffen zu Boden ging.

„Gegenschub!", schrie sie.

Petrov wurde in die Gurte gepresst, als die Triebwerke zündeten.

Die Tengiji entdeckte eine schmale Trasse zwischen mehreren Hangargebäuden und zertrümmerten Schiffsrümpfen. Qualm überall, der die Sicht behinderte. Der Boden näherte sich viel zu schnell. Der Computer überschüttete Aseera noch mit Warnungen, dann versagte der Antrieb. Sämtliche Energien waren in den Gegenschub geleitet worden.

Der Sota schlug hart auf. Eine Tragfläche riss ab und wirbelte wie ein Blatt davon. Das Glas der Kanzel zerplatzte. Sie erinnerte sich düster an die Versicherung ihres Ausbilders, dass dies niemals passieren könnte. Der Flugwind schlug wie eine Faust gegen ihren Helm und riss ihr beinahe die Kombination vom Körper.

Die verbeulten Überreste des Jägers jagten über den Asphalt. Das Metall kreischte, Funken sprühten, dann prallte die Maschine gegen einen Container und blieb liegen.

Aseera wusste nicht, wie lange sie bewusstlos gewesen war. Sie erwachte für einen Moment und fühlte, dass sie getragen wurde. Jemand hielt ihre Füße, ein anderer ihre Schultern. Es tat verdammt weh, aber sie konnte weder schreien noch reden. Goldenes Licht blendete sie. Es ging auf den Abend zu und es roch nach Rauch und Feuer. Sie konnte hören, wie Petrov mit jemandem sprach.

Das nächste Mal, als die Tengiji erwachte, war es spät in der Nacht. Von fern rollte Gefechtsdonner heran. Oder war es ein ganz normales Gewitter? Es war schwer zu bestimmen. Nach einer Weile setzte Regen ein. Die Tropfen prasselten heftig gegen das Dach einer Baracke.

„Sie ist aufgewacht", sagte eine tiefe, männliche Stimme.

Aseera versuchte sich aufzurichten, als jemand seine Hand unter ihren Rücken schob und ihr half. Graue Augen glänzten in einem schmalen bärtigen Gesicht. Nur eine brennende Lötlampe spendete Licht, aber Aseera schätzte, dass sich neun weitere Personen in der kleinen Hütte befanden.

Petrov stand abseits und sah hinaus auf die Ebene. Flackernder Feuerschein tanzte auf seinem runden Gesicht.

„Ich bin Thomas la Mare", sagte der Bärtige. „Ich

höre, ihr wollt zu Rees?"

Aseera nickte.

„Du kennst ihn?"

„Ja", sagte sie schwach. „Es ist ein gutes Jahr her. Ich habe ihm die Pläne für den Sota übergeben. Wir ließen sie hier bauen. Zumindest einige Komponenten."

„Schön, dass du ein Exemplar mitgebracht hast." Er grinste. „Aber ich fürchte, es ist nicht mehr viel davon übrig."

„Wann können wir zu Baker gehen?", drängte Aseera.

„Morgen früh, wenn wir ausgeschlafen haben." La Mare verabreichte Aseera eine Injektion. Sie schlief wieder ein.

Bei Anbruch des nächsten Tages blinzelte sie in die Helligkeit, die durch ein Fenster fiel. Ein lautes Motorengeräusch - das Brummen eines alten Verbrennungsmotors, wie sie auf Scutra benutzt wurden - hatte sie geweckt. Sie konnte La Mare draußen reden hören.

Petrov kam zu ihr. „Wir brechen auf. Sie haben mir noch nichts über diesen Rees Baker erzählt. Ich bin völlig unvorbereitet."

Aseera setzte sich mühsam auf. Sie war ziemlich benommen. Mit vernebeltem Blick sah sie zur Türe hinaus. Vor der Baracke stand ein dreirädriges Vehikel, um Thomas la Mare und seine Leute aufzunehmen.

Eine Frau kam herein. Sie war schlank und hatte ihre braunen Haare mit einem eng sitzenden Kopftuch gebändigt. Sie wirkte sehr verwegen, was durch das rußgeschwärzte Gesicht noch verstärkt wurde.

„Ich helfe Ihnen." Sie schlang einen Arm um Aseeras Rücken, um ihr auf zu helfen. „Wir warten nur auf sie."

Petrov stützte die Tengiji auf der anderen Seite.

Das Fahrzeug war geräumiger, als es von außen aussah. Sie befanden sich in einem kesselartigen Raum. Die Sitze waren kreisförmig an der Wand angebracht, der Fahrer saß erhöht und blickte aus einem schmalen Sehschlitz hinaus auf die asphaltierte Ebene. Irgendwie wirkte das Gefährt alt. Nicht abgenutzt – keineswegs - aber so als stamme es aus einem Museum.

Die Frau brachte Aseera in den hinteren Teil des Fahrzeuges, wo sie sich hinlegen konnte. Petrov blieb bei den anderen. Die Unbekannte mit dem Kopftuch setzte sich zu Aseera und zog einen grauen Vorhang vor die Luke, um den Raum von der Kanzel zu trennen.

„Ich bin Tanya. Ich bin Ärztin und werde mich um Sie kümmern. Vorerst kann ich nicht viel für Sie tun, nur Schmerzmittel verabreichen und mir ansehen, wie schwer Sie verletzt sind. Also runter mit der Uniform."

Während Tanya Aseera untersuchte, fuhr der Wagen los. Die Tengiji konnte durch das Seitenfenster auf die seltsame Umgebung blicken. Das letzte Mal hatte sie Sculpa Trax nur von oben aus einer Pilotenkanzel gesehen, oder von einer der erhöhten Landeplattformen, aber von hier unten wirkte der Planet noch eigenartiger. Es gab bläulich schimmernde Gebirge am Horizont, gebildet aus den mächtigen Rümpfen zahlloser Transporter und Frachtschiffe. Der Boden glänzte in verschiedenen Grautönen. Schiffe standen auf der Ebene, wie die zurückgelassenen Spielzeuge von Riesenkindern.

Gigantische Gebäudekomplexe zogen vorbei, Reparaturdocks mit Landeflächen auf dem Dach. Einige sahen aus wie überdimensionale flache Pilze. Dahinter stiegen

Rauchsäulen zum Himmel auf, zahllose Schiffstrümmer schwelten auf den Flugfeldern. Die Sonne brannte herunter, die Luft war trocken und warm.

„Wie ist die Situation?", fragte Aseera.

Tanya hielt ein kaltes Gerät an Aseeras nackten Rücken. „Atmen Sie tief ein."

Aseera gehorchte.

„Und wieder aus. Und noch mal ein."

Diesmal tat es weh. Aseera verzog das Gesicht.

„Immerhin, Ihre Lunge ist in Ordnung. Aber die Muskeln sind gequetscht." Sie tastete ihre Schulter ab. Oberhalb des Schulterblattes hatte sich ein großer Bluterguss gebildet. „Die Gulduri hatten sich das wohl einfacher vorgestellt", meinte Tanya. „Jetzt versuchen sie nur noch zu überleben. Aber sie machen es uns auch nicht leicht."

„Der Kaiser hat auch seine Hand im Spiel", entgegnete Aseera kühl.

„Das behauptet man."

„Ich weiß es."

„Darüber kann ich nichts sagen", Tanya tastete Aseeras Seite ab. „Nachbarliche Beziehungen waren eben noch nie einfach. Besonders nicht mit den Gulduri. Leider sind wir auf ihren Maresta angewiesen, um Schiffe bauen zu können."

„Ich kenne Sie." Aseera erinnerte sich plötzlich an die Stimme der Frau.

„Ich bin Tanya Rees." Sie lächelte. „Ich erinnere mich auch. Wir haben uns vor gut einem Jahr gesehen." Tanya sagte Aseera nicht, wie amüsiert sie damals über ihr etwas unbeholfenes Pflichtbewusstsein gewesen war und sich darüber wundern musste, dass man ein so junges

Mädchen mit einem Geheimauftrag betraut hatte.

„Ja, ich habe Ihrem Mann die Pläne des Sota überbracht. Es war ein persönlicher Auftrag unseres Herrn Kerem kel Zimaroo.“

„Möge er lange leben.“

Aseera stutzte. „Unser Herr lebt?“

„Ja, er ist jetzt auf Sunem. Aber die Familie ist an einem geheimen Ort. So munkelt man. Es würde mich nicht wundern, wenn sein Sohn Terek ein Kommando hat.“

„Er ist erst fünfzehn“, entrüstete sich Aseera und Tanya konnte sich ein Grinsen nicht verkneifen.

Petrov wirkte abwesend und erschöpft. In Wahrheit aber war er voll konzentriert und lauschte auf jedes Wort, das Aseera und Tanya hinter dem Vorhang wechselten. Er hatte bereits sehr viele Informationen sammeln können, seit er mit Aseera unterwegs war. Aber das Beste lag offenbar noch vor ihm.

„Das Letzte, was ich gesehen habe, war die Explosion der *Katam*“, sagte Aseera gerade.

„Du kommst direkt von der Schlacht hierher?“

„Nein. Ich bin zuerst nach Farell geflogen, um den Sota zu reparieren. Ich hoffte, Farell wäre klein genug, um von den Gulduri ignoriert zu werden. Aber ich hatte mich geirrt. Alle unserer Leute waren fort und die Gulduri waren da.“

„Und Petrov?“

„Der war dort gestrandet und hat mich zu einem Stützpunkt geführt.“

„Zieh dich wieder an.“ Tanya stand auf. „Du hast eine schwere Prellung. Die wird dir noch einige Wochen zu schaffen machen. Sonst ist nichts beschädigt."

„So wie es aussieht", meinte Aseera, während sie sich wieder anzog, „ist das mein neues Schlachtfeld."

Tanya warf einen Blick aus dem schmalen Fenster. „Ja. So sieht es aus." Sie schüttelte traurig den Kopf. „Wird lange dauern, das Ganze wieder aufzuräumen."

„Ich muss wissen, wie Sculpa Trax beschaffen ist", sagte Aseera und erntete einen mitleidigen Blick von Tanya. „Man muss den Boden kennen, auf dem man sicher stehen will." zitierte sie ihren Ausbilder.

„Unserer Welt ist sehr widersprüchlich", sagte Tanya. „Sie wirkt simpel, aber unter der Oberfläche..." Sie hielt inne und überlegte. Sie wollte Aseera nicht verwirren. „Ich verstehe, was du meinst. Also, hier die klaren Fakten. Sculpa Trax ist von einem Quadrantensystem überzogen. Jeder Quadrant hat die Abmessungen von vierhundert mal vierhundert Kilometern - so in etwa - der im Zentrum von einem hohen Verwaltungsturm beherrscht wird. Die Südpol- und Nordpolregion werden als Lagerplätze benutzt. Die sogenannten Achsenkomplexe sind die dortigen Verwaltungsbezirke. Flächenmäßig die größten Areale. Aber es gibt da nicht viel zu tun, für ein Volk von Mechanikern. Süd- und Nordpolregion sind eigentlich Lagerplätze für Schrott und Schiffe, für die wir im Moment keine Verwendung haben."

Aseera sah Tanya Rees mit großen Augen an. „Wo wohnen Sie?", fragte die Tengiji.

Tanya schien die Frage nicht zu begreifen.

„Naja, ich meine ... hier arbeiten Sie. Aber wo fliegen sie hin, wenn Sie mit der Arbeit fertig sind?"

„Wir leben hier“, sagte Tanya. „Das ist unsere Heimat, unsere Welt.“

Aseera sah erstaunt über die asphaltierte Ebene hinweg. Es gab kein Grün. Keinen Baum, keinen Strauch. Weder Wiesen noch Wälder. Wie konnte jemand diese Fabrik als seine Heimat bezeichnen?

Der Wagen rollte über die Ebene auf den Pelekon Quadranten zu, dessen gedrungener Verwaltungsturm wie ein stumpfer Kegel in den Himmel ragte. Von dort aus organisierte Rees Baker den Widerstand.

Abschnitt 2

Aseera – Die Verfolger

von

Allan J. Stark / Frank Anderhorst

Wie ein gewaltiger metallener Hügel ragte das Verwaltungsgebäude vor ihnen auf. Der dreirädrige Wagen hielt direkt vor dem Eingang. Während Tanya ihr hinaus half, sah Aseera sich um. Auf den ersten Blick wirkte hier alles normal. Ein Mann in einem Mechanikeroverall dirigierte einen Laderoboter mit einem Ersatzteil zu einem der nahe gelegenen Hangare. Eine Frau, die hektisch auf ein Datentablet eintippte, hastete vorbei, ohne die Ankömmlinge auch nur eines Blickes zu würdigen. Aseera hätte Wachen erwartet, doch niemand hier schien Waffen zu tragen. Man hätte fast vergessen können, dass Scultra sich im Krieg befand.

Sobald sie jedoch das Gebäude betraten und in der Vorhalle nicht von der sonst üblichen Sekretärin, sondern von einer Gruppe grimmig dreinblickender Männer begrüßt wurden, erkannte sie ihren Irrtum. Die Wachen waren nur verborgen.

Einer von ihnen nickte, als er Tanya erkannte. „Rees erwartet euch bereits."

„Das will ich hoffen", sagte Tanya und zwinkerte dem Mann zu. „Wäre ja noch schöner, wenn er seine eigene Frau im Vorzimmer würde warten lassen."

Sie gingen in den Fahrstuhl und Tanya drückte den Knopf für die oberste Etage. Den sanften Ruck, mit dem der Aufzug sich in Bewegung setzte, konnte man kaum spüren, dennoch hatte Aseera kurz das Gefühl, als ziehe sich ihr Magen schmerzhaft zusammen. Ihr wurde kurz schlecht.

Die vierhundert Meter, von der Ebene bis hinauf in das

Kontrollzentrum, überwand der Lift in weniger als zehn Sekunden.

Die Kabine hielt, die Tür öffnete sich und gab den Blick auf ein großzügiges Büro frei. Es war zwar nur spärlich möbliert, mit einem Schreibtisch, ein paar Stühlen und einem Aktenschrank rechterhand. Aber dafür bot die Fensterfront, die sich die ganze hintere Wand entlang zog, einen atemberaubenden Ausblick.

Petrov musste schlucken. Jetzt war er sozusagen in der Höhle des Löwen angelangt. Hoffentlich ging alles glatt.

Der Mann, der hinter dem Schreibtisch saß, blickte auf, erhob sich und kam nach vorn. Er war hoch gewachsen mit einem schmalen Gesicht und wachen hellen Augen. Das war Rees Baker, Verwaltungssekretär in diesem Sektor.

„Hallo Rees", sagte Tanya. „Wir bringen dir Major Aseera und Leutnant Petrov von den Zimaroo-Streitkräften."

„Tatsächlich?" Rees Baker zeigte ein schmales Lächeln. „Die Herrschaften haben aber sicher nichts dagegen, wenn ich sie bitte, sich zu legitimieren?"

Petrov presste die Zähne zusammen. Wäre ja auch zu schön gewesen, wenn man sie einfach mit offenen Armen empfangen hätte. Aber er vertraute darauf, dass die Tengiji das schon regeln würde.

Aseera war wie vor den Kopf gestoßen. Sie schnappte nach Luft. „Was soll das? Ich war vor einem Jahr schon mal hier, sie kennen mich. Außerdem", sie breitete die Arme aus, „ist es doch wohl offensichtlich, wer wir sind."

Gleich darauf kam ihr in den Sinn, wie töricht ihr letztes Argument war, und sie ließ die Arme wieder sinken. Der Absturz und der vorherige Kampf mussten sie doch mehr mitgenommen haben, als sie dachte. Sie musste wirklich versuchen, einen klaren Kopf zu behalten.

„Natürlich sehe ich eure Uniformen", sagte Rees Baker. „Und ich kenne Sie. Aber es hat sich viel geändert und wir können nicht vorsichtig genug sein. Ich brauche etwas mit Substanz. Einen Code zum Beispiel." Er griff hinter sich, nahm ein elektronisches Schriftbrett vom Schreibtisch und reichte es Aseera.

Die junge Frau schrieb mit dem Finger ein Wort darauf und gab das Gerät an Rees Baker zurück.

Er nickte erfreut. „Willkommen beim Widerstand." Dann reichte er es Leon Petrov, der ebenfalls ein Wort darauf schrieb. Doch als Baker es las, verdüsterte sich sein Gesicht.

„Der Code ist in Ordnung, aber ich bräuchte einen Neueren."

Der Vorgang wiederholte sich und abermals machte Baker ein unzufriedenes Gesicht. „Auch zu alt", sagte er düster.

Als Petrov das Schreibbrett ein drittes Mal in die Finger nahm, wurden Waffen entsichert. Der Agent versuchte die Ruhe zu bewahren.

„Entschuldigen Sie", sagte er, um Zeit zu gewinnen. „Schon meine Vorgesetzten haben mich öfter gerügt, weil ich mir nie merken konnte, welcher Code gerade aktuell ist. Dazu die Aufregung der letzten Tage …„ Er blickte nervös aus dem Fenster. In der Ferne stieg gerade ein Kampfjet in die Lüfte. Das erinnerte ihn an etwas. Als er die Drohnen auf Farrell startete, hatte er einige Codewörter gesehen. Blauschwerter; ja, das war eines davon. Er schrieb es auf. Diesmal grinste Baker, als er es gelesen hatte. „Sie lieben theatralische Auftritte, oder?"

Petrov lächelte freundlich zurück, so gut es ging.

„Willkommen beim Widerstand."

Aseera hatte die Sache mit bangem Gefühl beobachtet, schließlich war sie Petrov gegenüber nicht so vorsichtig gewesen wie Baker. Die Trauer um Taven hatte ihre Instinkte getrübt. Doch es war alles gut gegangen; immerhin. Zeit, sich anderem zuzuwenden.

„Wie ist die Lage hier?", fragte sie darum.

Rees drehte sich zu ihr.

„Die Gulduri versuchen, unsere Sektorentürme unter Kontrolle zu bringen, aber das ist alles andere als einfach", erklärte er. „Sie haben zwar die stärkeren Schiffe, aber wir sind „Legion„." Er machte eine Pause und sah zum Fenster hinaus. „Sie verteilen ihre Posten an den Sektorengrenzen. Ihre Angriffsziele sind die Türme der Nord- und Südpolregion. Wir haben sie glauben gemacht, dass der Widerstand dort seine Kommandozentrale hat. Dennoch werden sie bald herausfinden, dass wir sie zum Narren halten. Dann werden sie ihre Aufmerksamkeit wieder der Äquatorzone zuwenden."

„Verstehe ich nicht", sagte Petrov. „Wie kommen die Gulduri denn darauf, das Kommando des Widerstandes in den Polregionen zu vermuten?"

Rees zögerte, warf ihm einen nachdenklichen Blick zu, bevor er antwortete. „Würden Sie doch an deren Stelle auch glauben, wenn dort die meisten Sabotageakte und Störaktionen stattfinden, oder? Dort gibt es auch die stärksten Schiffsbewegungen. Aber das liegt daran, dass wir die Leerzonen gerade als Landeplätze verwenden. Die regulären Flugzonen werden ja gleich angegriffen. Im Moment tun die Gulduri alles, um hinter unser Flugsystem dort zu kommen." Er lachte kurz. „Aber die Wahrheit ist, es gibt gar keines. Mal sehen, wann sie das begreifen. Ansonsten haben wir ein paar tapfere Leute dort, die täglich ihr Leben riskieren, nur um uns den Rücken frei zu halten. Davon wissen auch nicht viele."

Petrov wäre beinahe einen Schritt zurück getreten. Den kaum wahrnehmbaren Unterton in Rees Bakers Stimme hatte er sehr wohl als Warnung verstanden. Sollten die Gulduri plötzlich auf die Idee kommen, den Widerstand woanders zu suchen, würde man sehr genau untersuchen, woher sie diese Information hatten. *Verdammt, er traut mir immer noch nicht. Nun, mit der Zeit wird sich das hoffentlich geben.*

„Was sagt man über den Kaiser?", fragte Aseera weiter. „Glaubt man, dass er seine Finger mit im Spiel hat?"

„Das darfst du meinen Mann nicht fragen, Kleines", Tanya Baker legte einen Arm um die Hüfte ihres Mannes und drückte ihn an sich. „Für politische Intrigen hat er keinen Sinn. Für ihn ist nur wichtig, hier wieder für Ordnung zu sorgen und die Störenfriede zu vertreiben. Ich persönlich denke schon, dass unser guter Fidor solange zusehen wird, bis wir uns gegenseitig aufgerieben haben. Das kann ein paar Wochen dauern, eventuell auch ein paar Monate. Dann wird er sich Sculpa Trax einverleiben und sich zweier mächtiger Konkurrenten entledigt haben."

Aseera nickte. Sie sah das genauso wie Tanya.

„Und was ist mit den verbleibenden Zimaroo-Einheiten? Werden die von euch unterstützt?"

Rees lachte auf. „Das fehlte gerade noch. Wir haben genug mit uns selbst zu tun. Wie stellst du dir das vor? Sollen wir uns alle Waffen umhängen und mit ihnen in den Krieg ziehen? In einen Krieg, den wir spätestens dann verlieren würden, wenn wirklich kaiserliche Schiffe hier auftauchen?"

„Aber", fuhr Aseera auf, „ihr gehört zu Zimaroo. Sculpa Trax gehört zu Zimaroo. Ihr steht mit ihnen auf einer Seite."

„Sculpa Trax", stellte Rees richtig, „gehört erst einmal uns. Mit den Zimaroo, das gebe ich zu, hatten wir ein gutes Leben. Aber uns geht es nur darum, wieder vernünftig arbeiten und unseren Geschäften nachgehen zu können."

„Aber …", Aseera schnappte nach Luft.

Wenigstens, dachte Petrov, *wird sie die Leute hier nicht in so eine Irrsinnsaktion mit hinein ziehen können, wie mich auf Farrell. Dieser Baker könnte einem fast sympathisch sein.*

„Im Augenblick", griff Tanya rasch ein, „kommt es darauf nicht an. Wir sind alle gegen die Gulduri – oder?"

Aseera nickte langsam.

„Dann sind wir uns ja einig", sagte Rees. „Ich schlage vor, ihr zieht euch jetzt erst einmal zurück. Ihr müsst erschöpft sein. Ich würde euch bitten, in der ersten Zeit im Gebäude zu bleiben. Fürs Erste wäre es nützlich, dass ihr beide unsichtbar bleibt. Hier drin seid ihr sicher. Ich habe euch Räume zuweisen lassen, die in friedlichen Zeiten von hohen Verwaltungsgästen bewohnt werden; es sollte euch also an nichts mangeln. Sollte dem doch so sein, gebt einfach Bescheid."

Damit waren sie entlassen. Aseera und Petrov folgten einem der Männer wieder in den Fahrstuhl und in eines der unteren Geschosse.

Rees sah ihnen nachdenklich hinterher.

„Was ist?", fragte Tanya.

„Ich dachte nur gerade … Eine Tengiji in unseren Reihen, da müsste sich doch etwas draus machen lassen." Sein Gesicht verdüsterte sich. „Aber dieser Petrov hat mich mit seinem Fragen auch daran erinnert, dass wir schon eine Weile nichts mehr aus dem Süden gehört haben."

Tanya strich ihm sanft über die Schulter. „Du machst dir Sorgen um Severin, oder?"

Er nickte.

Sie stieß einen Seufzer aus. „Ja. Ich auch."

Tagsüber eine nüchterne Kantine, nannte es sich Nachts „Golden Lounge,, und war kaum wieder zu erkennen. Aus dem Boden waren halbhohe Wände gefahren worden, die die Tische voneinander trennten und dafür sorgten, dass Pärchen oder Geschäftsleute sich ungestört von den Nachbarn fühlen konnten. Auf die herabgelassenen Rollladen vor den Fenstern wurden exotische Planetenansichten projiziert, endlose Ebenen, dichte Wälder oder weiße Strände, allesamt in einem ewigen Sonnenuntergang gefangen. Bunte Spots irrlichterten durch den Raum und hoben abwechselnd die Gesichter der Gäste aus dem Dunkel. Dezente Musik untermalte die plaudernden Stimmen, der Rhythmus orientierte sich an einem niedrigen Herzschlag. Das sollte beruhigend und entspannend wirken. Es roch nach Zigarettenrauch, der in Schwaden durch die Lounge zog, auch wenn die Lüftung ständig bemüht war, ihn abzusaugen und ihm zudem noch einen zartblumigen Raumduft entgegen zu setzen. Dazu mischten sich die verschiedensten Parfüms der Frauen und ab und zu, wenn ein Servierroboter vorbeirollte, stieg einem der Geruch von Kini-Spießchen in die Nase. Diese Spießchen, winzige Fleischstückchen in Würztunke mariniert und kross gebraten, wurden gerne zu Alkoholika gereicht und waren eine Spezialität des Hauses, wenn man von der Kantine eines Verwaltungsgebäudes überhaupt als Gourmettempel sprechen konnte. Aber wer so dachte, schätze Sculpa Trax falsch ein. Die meisten Leute, die hier lebten, wussten eine gute Küche zu würdigen. Überdies konnten etliche Gebäude ihren Charakter wechseln. Tagsüber Werfthallen, konnten sie Nachts zu phantasievoll gestalteten Tanzsälen werden.

In einer der hintersten Nischen der „Golden Lounge„ beobachtete Franca Canele zufrieden, wie der Kopf des Gulduri-Leutnants immer tiefer sank. Drei Stunden zuvor hatte sie mit einem gekonnten Hüftschwung dafür gesorgt, dass er sie auf der Straße ansprach. Es hatte sie auch nur ein Lächeln und einen Augenaufschlag gekostet, damit er sie auf einen Drink einlud. Eigentlich war den Gulduri, gerade hier im Süden, der Kontakt zur heimischen Bevölkerung streng untersagt. Aber wenn sich die Chance auf ein wenig Spaß bot, warfen die meisten diese Anweisungen über den Haufen. Was sollte schon passieren, wenn sie mit einer hübschen Frau etwas trinken gingen. Das Kommandoschiff war gut hundert Kilometer weiter westlich, neben einem Werftkomplex, auf einem Rollfeld niedergegangen. Umringt von einer Mauer, gebildet aus vielen Begleitschiffen, war es weit entfernt und die Soldaten wussten, dass sie nicht ständig alle überwacht werden konnten. Außerdem machten das alle; wer sollte sie also verraten?

Der Kopf des Leutnants landete endgültig auf dem Tisch. Der Mann fing sofort an, laut zu schnarchen.

Franca gönnte sich ein amüsiertes Lächeln. Das Betäubungsmittel, das sie ihm in seinen Drink geschüttet hatte, wirkte glücklicherweise immer schnell. Rasch sah sie sich in dem Lokal um. Niemand schien auf ihren Tisch in der Nische zu achten, dennoch spielte sie die Komödie lieber weiter.

„Ist dir nicht gut?“ Wie besorgt beugte sie sich über ihn, ihre Finger durchsuchten seine Taschen, fanden zielsicher die Code-Karte, mit der man Zugang zu einem Treibstofflager der Gulduri hatte. Sie steckte die Karte ein und stand auf.

„Mistkerl“, schimpfte sie. „Besäuft sich bis zur Besinnungs-losigkeit. Sieh zu, wie du klar kommst. Drecksack.“

Sie durchquerte das Lokal, während ihr Herzschlag sich beschleunigte. Das war immer der heikelste Teil. Wenn sie jetzt jemand aufhielt, sie durchsuchte … Es befanden sich schließlich auch noch andere Gulduri-Soldaten hier. Was wenn sie jemand beobachtet und ihr Spiel durchschaut hatte? Aber niemand behelligte sie und aufatmend trat sie nach draußen.

Es war nicht weit zu ihrem Quartier. Dort wartete Severin Baker auf sie.

Severin war der Neffe von Rees Baker. Sein Vater, Zoald Baker, hatte sich so schnell es ging mit den Besatzern arrangiert, um seine Handelsgeschäfte weiter betreiben zu können. Daraufhin hatte Severin sich mit ihm überworfen. Er hätte auch Widerstand geleistet, wenn sein Onkel Rees nicht daran beteiligt gewesen wäre. Er hielt es für eine gerechte Sache.

Severin trug bereits die gefälschte Gulduri-Uniform, in der er sich sichtlich unwohl fühlte. Immer, wenn sie ihn in solchen Momenten sah, wünschte Franca sich, alles wäre wieder wie früher. Er wäre noch Lagerverwalter, sie Dispositionssekretärin und sie würden sich regelmäßig in der Kantine über den Weg laufen. Offiziell hatte Franca immer noch ihren alten Job, auch wenn es kaum mehr etwas für sie zu tun gab. Offiziell galten die südlichen Sektionstürme noch als unabhängig. Aber die Gulduri hatten die Lager übernommen, kontrollierten beinahe den gesamten Flugverkehr. Sie patrouillierten auf den Straßen und schikanierten harmlose Bürger, in der Hoffnung damit den Widerstand treffen zu können. Es ging das Gerücht, die Soldaten hätten einen Händler erschossen, nur weil er ihnen eine obszöne Geste gezeigt hatte. Wenn Franca nur daran dachte, stieg unbändige Wut in ihr auf und sie wusste wieder, warum sie sich auf dieses Abenteuer eingelassen hatte.

Früher hätte sie nie gedacht, in Severin eine verwandte Seele zu finden. Er war immer nur der große, schlaksige Kerl mit den rotblonden Stoppeln gewesen, der ab und zu versucht hatte, ihr einen Kaffee zu spendieren. Den

Kaffee hatte sie stets abgelehnt. Aber als die Gulduri ihn gefeuert hatten, er untergetaucht war und ihr bei einer zufälligen Begegnung angeboten hatte, ihm gegen diese Eindringlinge zu helfen – nun, dieses Angebot war besser als Kaffee gewesen. Dieses Angebot hatte sie angenommen.

Er fuhr herum, als sie ihr Quartier betrat, stieß erleichtert den Atem aus. „Und, hast du es?"

Mit einem Lächeln reichte sie ihm die Karte.

„Gut gemacht", er nickte, warf ihr dann einen besorgten Blick zu. „Vielleicht solltest du morgen nicht mehr zur Arbeit gehen. Wenn er erwacht und den Diebstahl bemerkt, könnte er dich beschreiben."

Franca schüttelte den Kopf. „Warum? Sie werden nach einer Blondine suchen", sie zog aus ihrem Gürtel ein flaches, handtellergroßes Gerät hervor und legte einen Schalter um. Die holographische Illusion einer blonden Lockenmähne verschwand und ihre kurzen, dunklen Haare kamen zum Vorschein. „Nach einer Blondine mit braunen Rehaugen." Sie bediente einen weiteren Schalter und blinzelte ihn aus ihren blauen Augen an.

Es war eine sehr praktische Art der Täuschung. Normalerweise wurde der Holowandler von wohlhabenden Leuten verwendet, die gerne mal die Lackierung ihrer Gleiter modisch umgestalten wollten, doch mit einem winzigen Eingriff in die Schaltkreise ließ er sich auch auf lebendes Material anwenden. Wenn man nicht zu genau hinsah, konnte man sein Gegenüber hinters Licht führen. Er war sehr teuer gewesen, hatte beinahe ihre gesamten Ersparnisse verschlungen. Außerdem wurde sie nie die irrationale Angst los, die Batterien könnten in einem entscheidenden Moment ausfallen. Doch wenn man davon absah, war es eine der besten Anschaffungen, die sie je getätigt hatte.

„Wenn ich dann noch dieses aufreizende Kleid gegen meine Arbeitsmontur eintausche, wird mich niemand mehr wieder erkennen. Verdächtig mache ich mich nur, wenn ich plötzlich nicht mehr arbeiten gehe."

Sie würde sich jetzt allerdings nicht vor Severin umziehen. Es gab Risiken, die sie lieber nicht einging, und so vertraut waren sie auch wieder nicht.

„Auch gut." Severin steckte die Karte ein. „Das musst du selbst wissen. Ich gehe jetzt."

„Viel Glück."

Sobald Severin gegangen war, ging Franca duschen, kochte sich einen Tee, bemüht, ihre Anspannung durch alltägliche Gesten abzulegen. Immerhin war es schon spät und sie würde morgen wieder zur Arbeit erscheinen müssen, als wäre nichts gewesen. Doch wie üblich nach einer solchen Aktion gelang ihr das nicht. Nachdem sie sich eine halbe Stunde lang schlaflos in ihrem Bett gewälzt hatte, stand sie wieder auf und holte aus einem Versteck in der Wand den kleinen Funkempfänger hervor.

Es schien eine Gruppe Zimaroo zu geben, die den Kampf auf ihre ganz eigene Art bestritt. Sie sendeten täglich Nachrichten, aufmunternde Botschaften für alle, die gegen die Gulduri kämpften, und manchmal sogar, wie ein gewöhnlicher Piratensender, Musik. Sie wechselten jeden Tag die Frequenz, und man konnte die entsprechenden Zahlen nur auf dem Schwarzmarkt erhalten. Dahin ging im Augenblick Francas restliches Geld. Besonders der Stimme des einen, der sich Kalib nannte, gelang es immer wieder, ihr neuen Mut und neue Hoffnung zu geben. Er klang stets so, als würde er lächeln, selbst wenn die Nachrichten, die er weitergab, für die Zimaroo nicht gut waren.

Auch heute war er auf Sendung.

„Meine lieben Freunde, für alle, die jetzt erst eingeschaltet haben, noch einmal die betrüblichen Neuigkeiten. Den Gulduri ist es gelungen, unser Versorgungslager Zeta 12 aufzureiben. Es stört mich weniger, dass euer Lieblingsmoderator nun eine Weile von Wasser und Brot wird leben müssen. Doch wir alle betrauern die drei tapferen Kameraden, die dabei das Leben lassen mussten. Ich kannte nur einen von euch. Doch für euch drei, die ihr so lange die Stellung gehalten hattet, werde ich jetzt sein Lieblingslied spielen."

Es erklangen die Töne eines alten Schlagers. Normalerweise hätte Franca ihn scheußlich kitschig gefunden, doch in diesem Zusammenhang trieb er Tränen in die Augen. Sie hasste diesen Krieg, den die Gulduri begonnen hatten, und sie hasste die Gulduri. Zu allem Überfluss schoss ihr durch den Kopf, dass sie keine Ahnung hatte, welches Severins Lieblingslied wäre. Nur für den Fall, dass irgendetwas schiefgehen würde heute Nacht. Aber das würde es nicht, oder?

Sie rollte sich auf ihrem Bett zusammen und lauschte weiter dem Sender.

Das Lager war gut eine Stunde Fußmarsch entfernt. Severin überlegte kurz, ob er einen Transfergleiter nehmen sollte, verwarf die Idee aber rasch wieder. Egal, welche Karte er nutzen würde, ob seine oder die gestohlene, der Weg würde immer rückvollziehbar sein, und er wollte niemanden auf Francas Spur locken.

Also setzte er sich in Bewegung. Es waren immer noch, oder schon wieder Leute unterwegs, obwohl es bereits zwei Uhr Morgens war, wenn auch nicht so viele wie tagsüber. Gulduri-Soldaten patrouillierten an ihm vorbei und salutierten beiläufig, wenn sie seine Uniform sahen. Andere Passanten wichen ihm eher aus, vermieden Blickkontakt, ein oder zwei wechselten sogar die Straßenseite. All das sagte ihm, dass seine Tarnung funktionierte. Dennoch wurde er nervös, sobald er sich seinem Ziel näherte. Ab jetzt gab es mehrere Möglichkeiten, wie er entdeckt werden könnte. Der Leutnant, der hoffentlich noch seinen angeblichen Rausch ausschlief, war hier bekannt. Sobald Severin seine Karte benutzte, könnte jemandem auffallen, dass er nicht der rechtmäßige Inhaber war. Wenn sie ihn aufhielten und durchsuchten, würden sie anhand des Moffs, den er unter Jacke bei sich trug, nicht einmal mehr ein Geständnis von ihm brauchen, um herauszufinden, was er vorgehabt hatte. Das nächste Problem waren seine ehemaligen Kollegen. Nicht alle waren wie er entlassen worden. Einige, für seinen Geschmack viel zu viele, hatten sich unter den Befehl der Gulduri gestellt. Sollten sie ihn in dieser Uniform sehen, wäre es nicht schwer, seine Mission zu erraten. Auf Saboteure waren Kopfprämien ausgesetzt worden. Wer für die Gulduri arbeitete, scheute sicher auch nicht davor zurück, einen weiteren Verrat an den eigenen Leuten zu begehen.

Darum hatte er sich diese Uhrzeit ausgesucht. Zwischen drei und halb vier Uhr Morgens wurden Schichtwechsel durchgeführt, da achtete man kaum auf den anderen.

Die Wache am Eingang des Geländes warf ihm zwar einen prüfenden Blick zu, ließ ihn aber passieren. Aus einem Schuppen kam gerade Bernis, die früher für die Programmierung von Laderobotern zuständig gewesen war. Er drehte vorsichtshalber den Kopf zur Seite, doch sie schien es eilig zu haben und sah nicht einmal zu ihm herüber.

Dann hatte er die Lagerhalle erreicht. Mit zitternden Fingern nahm er die Karte heraus, führte sie in das Identifikationssystem ein. Ihm schien es ewig, dabei dauerte es nur den Bruchteil einer Sekunde, die Tür glitt zur Seite und er konnte eintreten.

Als Erstes stieg ihm ein scharfer Geruch in die Nase. Offensichtlich ließen die Gulduri beim Betanken nicht so viel Vorsicht walten, wie es unter seiner Verwaltung üblich gewesen war. Der Treibstoff, der hier gelagert wurde, war hochentzünd-lich. Selbst kleinste Spritzer konnten zu einer Katastrophe führen, wenn sie sich entzündeten. Severin grinste böse. Ihm konnte diese Schludrigkeit nur Recht sein. Umso besser würde sein Plan funktionieren. Auch sonst war er zufrieden. Es war niemand hier. Der nächste Belieferungszyklus schien immer noch erst gegen Morgen abzulaufen. Darum brannte jetzt nur eine rote Notbeleuchtung, aber er hätte seinen Weg auch im Dunkeln gefunden. Rasch eilte er zwischen den zehn Meter hohen Tanks hindurch, bis er an der Hauptpipeline angekommen war. Er hockte sich neben das Zwischenventil, öffnete seine Jacke und holte den Moff hervor.

In diesem Moment erstarrte er. Da war ein Geräusch hinter ihm. Es klang, als fielen mehrere kleine Steinchen auf den metallenen Boden. Severin hielt den Atem an, drehte vorsichtig den Kopf, aber in den Schatten, die das rötliche Licht zeichnete, konnte er nichts erkennen. Hatte er sich geirrt? Er hatte nicht einmal eine Waffe dabei; die in dem Holster an seiner Hüfte war eine Attrappe. Sein Geld hatte nur noch für die Uniform gereicht. Erneut klackte etwas gegen Metall, näher diesmal. Er spürte, wie ihm ein Schweißtropfen die Schläfe entlang lief. Es kitzelte, aber er wagte nicht, sich zu rühren, um den Schweiß abzuwischen.

Auf einmal nahm er aus den Augenwinkeln eine Bewegung wahr. Ohne nachzudenken schoss er empor, bereit, sich mit bloßen Händen zu verteidigen. Gleich darauf trippelte ein faustgroßes Insekt nur einen Meter von ihm entfernt durch den Gang. Squilla-Käfer!

Severin wurde schwindlig vor Erleichterung, doch er zog auch verächtlich die Mundwinkel nach unten. Die Gulduri hatten wirklich keine Ahnung von diesem Planeten. Bei ihm hatte es in all den Jahren keinen Squilla-Käfer-Befall gegeben – er hatte sogar schon geglaubt, sie wären möglicherweise in diesem Teil von Sculpa Trax ausgestorben. Dem war offensichtlich nicht so. Die kleinen Viecher waren so wild auf Treibstoff, der für sie eine Art Delikatesse war, dass sie sich mit ihren scharfen Beißzangen sogar durch die verstärkten Wände der Tanks fraßen. Der stechende Geruch – vielleicht hatte niemand etwas verschüttet. Vielleicht leckte es irgendwo bereits.

Ich könnte mir das sparen, in ein paar Wochen geht hier wahrscheinlich sowieso alles in die Luft.

Soviel Zeit hatte er nur nicht. Er musste sich beeilen, wurde ihm bewusst, denn bald würden die nächsten Arbeiter auftauchen.

Seine Erstarrung hatte sich gelöst. Mit raschen Bewegungen öffnete er das Ventil, wich dem herausschießenden Treibstoff aus, platzierte den Sprengstoff und stellte ihn scharf.

Dann machte er, dass er nach draußen kam.

Sie hatten den Schlager wieder und wieder gespielt, bis Franca regelrecht hypnotisiert in einen unruhigen Halbschlaf gesunken war. Die jubelnde Stimme Kabils riss sie daraus hervor.

„Liebe Mitstreiter, neuesten Meldungen zufolge sitzen die Gulduri in der nächsten Zeit ziemlich auf dem Trockenen. Ihr Treibstoff ist nämlich ohne die Schiffe geflogen, einfach in die Luft. Also, Bürger von Scultra, seid nett zu jedem Gulduri, dem ihr begegnet. Sie werden vorerst bei uns bleiben müssen."

Franca sah auf die Uhr. Es war kurz vor Fünf. Sie fragte sich, woher der Sender schon von der Explosion wusste. Dann wanderte ihr Blick zum Fenster und sie hatte ihre Antwort. Der Himmel war nicht nur von der aufgehenden Sonne rot. Darüber zeichnete dichter schwarzer Qualm bizarre Muster. Wahrscheinlich sah man das bis zum Äquator.

Hoffentlich hatte Severin es rechtzeitig geschafft, diesem Inferno zu entkommen.

Aseera erwachte mitten in der Nacht. Sie brauchte ein paar Sekunden, um das Zimmer zu erkennen, in das sie vor ein paar Stunden eingezogen war. Es war geräumig, mit Bett, Schrank und einem Schreibtisch ausgestattet, und verfügte sogar über ein angeschlossenes kleines Badezimmer. Durch das Fenster, das sie nicht abgedunkelt hatte, fiel genügend Licht, um die Einrichtung schemenhaft zu erkennen. Sculpa Trax schlief nicht. Irgendwo startete immer gerade ein Schiff, wurde noch gearbeitet, flackerte unruhig die orangefarbene Beleuchtung, wurden Schweißapparate bedient, die blaues Wetterleuchten in die Nacht sandten. Allerdings war das Gebäude gegen Geräusche abgeschirmt. Es war still im Zimmer, bis auf ihren eigenen Atem, so still, dass Aseera glaubte, Petrovs Schnarchen von nebenan vernehmen zu können. Doch auch von dort kam kein Ton.

Ein Teller mit Essen, eine Karaffe Wasser und, zu ihrer Erleichterung, eine Kanne Kaffee hatten auf sie gewartet. Auch war das Zimmer wohl extra für sie noch einmal frisch gereinigt worden, denn es lag ein zitroniger Duft im Raum. Sie hatte sich zuerst eine Dusche gegönnt. Sie genoss immer noch das Gefühl, nach den Strapazen der letzten Zeit endlich einmal wieder sauber zu sein. Lieber hätte sie allerdings ein Bad gehabt, damit ihre schmerzenden Muskeln sich entspannen konnten. Oder, noch besser, einige Zeit in den Thermen von Nuria. Sie dachte nicht oft an die Heimatwelt der Tengiji, hatte sie sich doch mit dem Eintritt in das Haus Zimaroo ein neues Zuhause gewählt. Sie ahnte, warum sie heute solche wehmütigen Erinnerungen heimsuchten. Ihre Seele war durch Tavens Tod aus der Balance geworfen und sie war noch nicht dazu gekommen, sich wieder ins Gleichgewicht zu bringen.

Der Legende nach verbrachte eine der ersten Tengiji

Jahre damit, nach dem Tod ihrer Kampfgefährtin ein Klagelied in die Wand des Berges Xoji zu meißeln. Niemand hatte diesen Berg je gesehen oder wusste, wo er sich befand, auch wenn ihn schon viele gesucht hatten, denn inzwischen sagte man der Stelle geradezu magische Fähigkeiten nach. Doch jede Tengiji kannte das Klagelied, und mit der Zeit hatte sich daraus ein Trauerritual entwickelt. Wenn jemand starb, der einem viel bedeutet hatte, fertigte man mit den eigenen Händen etwas aus einem natürlichen Material an, in das man all seine Gefühle und Erinnerungen einfließen ließ, um sie dann loslassen zu können.

Aseera hatte gerade kein Holz oder Stein zur Verfügung. Ein Stück altmodisches Papier würde genügen müssen. Sie stand auf, holte aus ihren Sachen den kleinen Band mit Gedichten, den sie von ihrer Lehrmeisterin zum Abschluss ihrer Ausbildung als Geschenk erhalten hatte. Die letzte Seite war nicht bedruckt. Sie atmete tief durch, dann riss sie diese heraus. Außerdem nahm sie ihr kleines Fläschchen heraus. Taven hatte ihre Haare geliebt. Sie würde ausgewählte Worte aus dem Klagelied mit einer der gehärteten Spitzen in das Papier ritzen. Sie wusste auch schon, welche. „Nicht mehr mein, aber unvergessen."

Sie hockte sich auf den Boden, das Papier vor sich. Sie würde dabei an seine Augen denken, seine Stimme, wie er ihren Namen ausgesprochen hatte, seine Hände auf ihren Hüften. All das würde sie dort einritzen. Und dann würde sie frei sein, sich wieder ganz ihrem Dienst des Hauses Zimaroo zu widmen. Frei, um klaren Kopfes gegen die Gulduri zu kämpfen.

General Gefron hatte äußerst schlechte Laune. Das war für ihn nicht ungewöhnlich. Wenn man es genau nahm, hatte er schlechte Laune, seit ihm Betran da Gulduri das Kommando über die Eroberung Sculpa Trax' übertragen hatte.

Seiner Meinung nach wurde dieser Krieg vollkommen falsch geführt. Zu verzettelt, an zu vielen Fronten gleichzeitig. Man hätte sich die Systeme einzeln vornehmen müssen, von Zimaroo aus immer schön eins nach dem anderen, dafür aber mit gesammelten Kräften. Aber nein, Betran hatte alles auf einmal haben wollen, und nun hingen sie im Orbit von diesem verdammten Planeten und hatten nicht genug Leute oder Schiffe, um ihn endgültig in ihre Hand zu bekommen.

Letztens, nach dem Leeren einer Flasche Turilaschnaps, hatte Gefron sich einem Vertrauten gegenüber zu der Bemerkung hinreißen lassen, Betran verteile seine Truppen wie seinen Samen, wahllos und im ganzen Universum verstreut.

Inzwischen fragte sich der General, ob er diesen Vertrauten nicht lieber auf eine lange und einsame Mission schicken sollte, damit dieser Ausspruch nicht irgendwann die Runde machte. Denn auch wenn Betran auf seine über hundert Söhne sicherlich stolz war, würde er eine solche Äußerung bestimmt nicht gutheißen.

Doch erst einmal hatte Gefron andere Sorgen. Zum Beispiel klappte die Versorgung der Schiffsbesatzungen nicht mehr reibungslos. Erst vor wenigen Tagen war ein Konvoi auf dem Flug von Gulduri nach Sculpa Trax von kaiserlichen schiffen gestoppt worden, angeblich, weil sie in kaiserliches Gebiet vorgedrungen waren. Fidor Bolanda II. hatte erklärt, er würde nicht dulden, dass sich eine der Parteien durch Nutzung seines Einzugsbereiches einen Vorteil verschaffen konnte. Das hatte die Gerüchte verstärkt, der Kaiser würde nicht mehr lange nur zusehen, sondern irgendwann eingreifen.

Zu allem Überfluss musste er sich jetzt noch mit Zivilisten abgeben. Als wenn er nichts Besseres zu tun hätte als seine Zeit mit Milchbubis mit ach so geheimen Aufträgen zu verbringen. Na gut, wenn er seine unerwünschten Gäste betrachtete, war bei dem Älteren die Bezeichnung ‚Milchbubi' nicht ganz passend. Bei dem Kleinen, den er dabei hatte, aber schon. Den würde er einfach ignorieren.

„wie schon erwähnt", sagte der Ältere, dieser Zerin, gerade, „sollen wir einen umfangreichen Bericht über die Situation auf Sculpa Trax erstellen. Dazu würden wir zunächst gerne Ihre Meinung hören."

Bericht! Der General knirschte mit den Zähnen. *Was ist mit den Berichten, die ich regelmäßig schicke? Die zählen wohl nicht.* Das stimmte ihn nicht gerade freundlicher. Doch wenn sie, wie behauptet, direkt von Betran da Gulduri kamen, sollte er sich vor ihnen auch keine Blöße geben. Ein Grollen stieg tief aus seinem mächtigen Brustkorb empor.

„Wir haben alles im Griff. Keiner kommt ohne unsere Erlaubnis rein oder raus." Dass dieser Zerin bei diesen Worten leicht die Augenbrauen hob, ignorierte der General. Lieber fuhr er fort: „Es sind immer noch ein paar letzte Rattenlöcher voller Zimaroos da unten, aber die räuchern wir auch noch aus."

„Beruhigend, zu hören", sagte Zerin. „Und was ist mit dem Widerstand?"

Vor Gefrons Augen traten rote Wutfunken. Er hatte gehofft, von diesen Widrigkeiten wäre nichts nach draußen gedrungen.

„Ach", machte er, bemüht, es herunter zu spielen, „es gibt immer ein paar renitente Eingeborene, die etwas brauchen, um sich an neue Machtgefüge zu gewöhnen."

Diesmal wanderten Zerins Augenbrauen so hoch, dass selbst der General sie nicht übersehen konnte.

„Na schön", gab der General zu, „einige davon sind schon ziemlich lästig. Besonders im Süden und im Norden bereiten sie noch ein paar Probleme. Aber auch das werden wir sicher bald im Griff haben."

„Im Norden und im Süden, aha", machte Zerin. „Wir würden uns da gerne umsehen, ohne Ärger mit Ihren Leuten zu bekommen."

Gefron war inzwischen zu fast allem bereit, um diesen unangenehmen Besuch wieder los zu werden. „Ich werde Ihnen einen Passiercode geben. Damit können Sie und Ihre Leute sich ungehindert auf Sculpa Trax bewegen."

Zerin neigte lächelnd den Kopf. „So hatte ich mir das vorgestellt."

Ein ‚Danke', dachte Gefron, hörte sich irgendwie anders an.

Zurück auf der *Medusa* berichtete Zerin der Mannschaft, was sie von Gefron in Erfahrung hatten bringen können.

„Der General", sagte er, „ist ein Schwachkopf. Er glaubt wirklich, hier hätte niemand unbemerkt eindringen

können. Oder er verschweigt sogar etwas, um keinen
Ärger zu bekommen. Ich glaube immer noch, dass unsere
Suche auf Sculpa Trax am erfolgreichsten sein wird. Wir
haben nun mehrere Möglichkeiten. Die Flüchtigen könnten sich verbliebenen Zimaroo-Einheiten angeschlossen
haben, von denen es noch mehr zu geben scheint, als den
Gulduri lieb ist. Oder sie sind zum Widerstand übergelau-
fen. Der soll sich laut dem General im Süden oder
Norden befinden. Wenn ich auf der Flucht wäre, würde
ich mich an die wenden, die mir am meisten zu bieten
haben. Das wäre der Widerstand. Also, wo fangen wir an
– Süden oder Norden?"

„Süden", sagte Borkan und Ameka Thao meinte im
gleichen Moment: „Norden."

Zerin grinste. „Schön, dass wir uns gleich zu Anfang
so einig sind. Raven, was meinst du?"

Der Adjutant hob überrascht den Kopf. „Keine
Ahnung – Süden?" Er hatte, auch wenn er das ungern
zugegeben hätte, vor Borkan ziemlichen Respekt, und
fand es einfacher, mit ihm einer Meinung zu sein.

„Hm, steuern wir mit der *Medusa* also den Süden an.
Aber wir sollten den Norden nicht vernachlässigen. Ameka, du nimmst dir einen der Jäger und siehst dich dort ein
bisschen um. Nur umsehen, nichts weiter. Wenn du
unsere Ziele ausfindig machen solltest, sagst du
Bescheid."

Sie nickte.

Maella, eine der weiblichen Akkato, fragte: „Nur mal
so zum Verständnis. Auf wessen Seite stehen wir eigentlich? Den Gulduri?"

„Wir haben unseren Auftrag", stellte Zerin richtig.

„Wer ansonsten gegen wen kämpft da unten, geht uns nichts an. Wer immer unserer Sache dienlich ist, mit dem könnt ihr euch einlassen. Allerdings haben wir einen Code bekommen, so dass die Gulduri uns zumindest nicht in die Quere kommen dürften„ Er klatschte in die Hände. „Also los, an die Arbeit.“

Dank des Codes gelangten sie unbehelligt in den Süden. Sie waren nicht bei dem Hauptturm, sondern auf einem Platz im Randbezirk gelandet. Mit Oponi und Akkatos in der Mannschaft war es zwar sinnlos, unauffällig vorgehen zu wollen, aber Zerin wollte auch nicht mit der Tür ins Haus fallen. Darum aktivierte er auch die Tarnvorrichtung der *Medusa*. Das System war zwar nicht perfekt. Es leitete die Lichtwellen um, so dass das Schiff auf den ersten Blick nicht zu sehen war. Einem aufmerksamen Beobachter wäre aber dennoch ein gewisses Flimmern aufgefallen. Zerin baute darauf, dass hier in den Randbezirken niemand interessiert genug war, genauer hinzusehen.

Gleich nach der Landung setzte Zerin sich noch einmal an die Aufzeichnungen, die sie im Schädel des Laderoboters auf Farrell gefunden hatten. Sie brauchten einfach noch mehr Hinweise. Der Süden war groß. Irgendwo mussten sie anfangen können.

Kajeeda, eine der Akkato-Frauen, die am Computer schon wahre Wunder vollbracht hatte, leistete ihm dabei Gesellschaft. Der Rest der Mannschaft wartete die Ergebnisse ab und ging derweil anderen Beschäftigungen nach. Borkan erklärte sogar, er wolle mal dafür sorgen, dass alle etwas Vernünftiges zu Beißen bekämen, und verzog sich in die Kombüse. Die Ankündigung stieß nicht auf ungeteilte Zustimmung. Der Akkato probierte gerne neue, auch mal äußert exotische Rezepte aus und nicht jeder war mit dem, was er dann vorgesetzt bekam, einverstanden. Dummerweise konnte Borkan ziemlich ungemütlich werden, wenn man sich dann weigerte, wenigstens zu kosten.

Diesmal kam er jedoch eine Stunde später mit überbackenem Gemüse und selbst gemachten Brot zurück, was bei Allen Anklang fand. Zu diesem Zeitpunkt hatten Zerin und Kajeeda sich die Aufzeichnung schon zigmal angehört, ohne auch nur einen Schritt weiter gekommen zu sein. Sie filterten so gut es ging die Hintergrundgeräusche heraus. Sie modifizierten die Bandbreite der Stimmen. Teilweise war danach noch weniger zu verstehen.

Zerin runzelte ungeduldig die Stirn. „Und wenn wir die Stimmen versuchen zu isolieren?"

„Ich kann es versuchen", Kajeeda speicherte die Aufzeichnung unter anderem Namen, gab neue Befehle zur Bearbeitung ein. Es blieb nicht viel an Tönen übrig. Aber diesmal war außer Sculpa Trax noch etwas anderes zu verstehen.

„Warte mal", Zerin horchte auf. „Spiel die Stelle noch mal."

Ja, da war es. Ein Name, Baker.

„Baker", murmelte er. „Leider beim besten Willen kein Vorname. Können wir damit etwas anfangen?"

„Mal sehen." Kajeeda wandte sich einem anderen Terminal zu. „Ich werde mich mal in das Personenregistrierungssystem von Sculpa Trax einhacken und nach Baker suchen."

Eine halbe Stunde später wurde sie fündig.

„Es gibt eine ganze Reihe Bakers auf diesem Planeten. Rees Baker, Verwaltungssekretär. Tanya Baker, Ärztin. Zoald Baker, Tee- und Gewürzhändler ...,,

„Gewürze?", fragte Borkan. „Was denn für welche?"

Zerin warf ihm einen tadelnden Blick zu

„Schon gut", murrte der Akkato, „bin ja schon ruhig."

„Ah", machte Kajeeda, „das klingt interessant. Severin Baker, ehemaliger Lagerverwalter, wurde von den Gulduri offensichtlich entlassen. Lebt hier im Süden." Sie rief die gesamte Personaldatei auf. „Allerdings ist keine aktuelle Adresse verzeichnet. Die letzte Anschrift war seine Dienstwohnung, wo er wohl kaum mehr zu finden sein wird."

„Das passt", sagte Raven. „Auch, dass er offensichtlich untergetaucht ist."

„Ja", gab Zerin zu. „Gut gemacht, Kajeeda. Dann werden wir diesen Severin mal suchen."

Sie zogen los, um sich einen Überblick zu verschaffen und Severin zu finden. Zerin und Raven versuchten es auf dem, wie der Adjutant sagte, zivilisierten Weg. Sie mischten sich unter die Leute, insbesondere an Plätzen, wo Alkohol ausgeschenkt wurde, der ja bekanntlich redselig machte. Sie hörten zu, stellten vorsichtige Fragen. Sie waren geübt in solchen Operationen, hatten aber dennoch keinen Erfolg.

Andere versuchten es eher im Untergrund. Es war nicht schwer für sie, die Plätze zu finden, an denen der Schwarzmarkt blühte.

Auf dem Vorplatz einer selten benutzten Lagerhalle

saßen ein paar Männer, die scheinbar nichts weiter taten, als zu rauchen oder müßig in die Sonne zu blinzeln. Tauchte allerdings ein vertrauenswürdiger Kunde auf, entwickelten sie eine erstaunliche Aktivität. Auf Bildschirmen, die sie unter ihren Mänteln hervorzogen, präsentierten sie alle Waren, die sie anbieten konnten. Kleinere Sachen hatten sie gleich dabei. In Zeiten des Friedens war dieses Phänomen auf Sculpa Trax nicht vorgekommen, wenn es natürlich auch immer Möglichkeiten zu illegalen Geschäften gegeben hatte. Man konnte sich schon fragen, wie diese Strukturen so schnell entstehen konnten. So unerklärlich das sein mochte, war es üblich für einen Planeten unter Blockade, dessen Versorgungswege teilweise eingeschränkt und teilweise sogar verboten waren. Im Allgemeinen wurden auf solchen Schwarzmärkten auch Informationen gehandelt, und irgendjemand war immer käuflich oder verängstigt genug, auch Geheimnisse zu verraten.

Borkan gehörte zu denen, die sich auf dem Schwarzmarkt umsahen. Er hatte seine eigene Art, Fragen zu stellen. Wenn der Akkato sich vor einem aufbaute, den beachtlichen Kopf emporreckte und womöglich noch unruhig mit dem Schwanz zuckte, pflegten selbst standhaftere Gemüter sich zu entscheiden, dass es sicherer wäre, zu reden. Samuel Raven war nicht der Einzige, der vor ihm Respekt hatte. Borkan wusste um seine Wirkung und hatte Vergnügen daran. Die beiden Akkato-Frauen, die sicher genauso hätten auftreten können, schüttelten darüber eher den Kopf. Doch Zerin setzte ihn gerne ein, denn Borkan hatte gewöhnlich Erfolg damit.

In diesem Fall allerdings nicht. Zwar sprach man überall über den Widerstand, immerhin war gerade erst deswegen ein Treibstofflager gesprengt worden. Nur schien niemand zu wissen, wer dafür verantwortlich war. Und von einem Severin Baker hatte angeblich nie jemand etwas gehört.

Als sich am späten Abend wieder alle Mannschaftsmitglieder in der *Medusa* versammelten, knurrte Borkan: „Als wenn Geister das Lager gesprengt hätten. Als wenn es hier überhaupt keinen Widerstand gibt."

„Hm", machte Zerin, blickte mit zusammengekniffenen Augen zum Funkgerät. Von Ameka Thao war vor fünfzehn Minuten über die vereinbarte sichere Frequenz eine kurze Meldung gekommen. Sie war im Norden ebenfalls nicht fündig geworden, würde weiter forschen.

„Tja", sagte er langsam, „Geister werden es nicht gewesen sein. Nun, wir sind erst einen Tag hier. Wenn der Widerstand so einfach aufzuspüren wäre, hätten ihn womöglich sogar die Gulduri schon entdeckt."

Borkan gab ein verächtliches Schnauben von sich, enthielt sich aber eines Kommentars.

Zerin schloss: „Morgen ist auch noch ein Tag. Vielleicht erfahren wir dann mehr."

In Zerins Mannschaft befand sich auch Tulo Negri, der von allen Tiny genannt wurde, weil seine Körpergröße nur 1.52 Meter betrug. Zusätzlich wirkte er mit seinen blonden Haaren, seinen großen blauen Augen und seiner hellen weichen Haut deutlich jünger als seine fast dreißig Jahre. Gegner, die ihn deswegen unterschätzten, hatten es schon bitter bereut, denn Tiny war in den verschiedensten Kampftechniken ausgebildet und sein Körper wirkte nur deshalb so stämmig, weil er fast ausschließlich aus Muskeln bestand. Natürlich musste er auch von seinen Mitstreitern gelegentlich mehr oder weniger gutmütigen Spott über sich ergehen lassen. Insbesondere Borkan machte sich gerne den Spaß, ihn aufzuziehen. Zerin hatte sogar überlegt, ob er überhaupt beide mitnehmen sollte, aber er schätzte sie beide und hatte beschlossen, über ihre gelegentlichen Differenzen hinweg zu sehen. Außerdem pflegten sie sich meist schnell wieder zu vertragen, denn Tiny war beinahe der Einzige, der bis jetzt jedes von Borkan zubereitete Gericht gegessen und auch noch behauptet hatte, es würde ihm schmecken.

In gewissen Kreisen wurden dennoch Wetten angenommen, wie es ausgehen würde, sollten Tiny oder Borkan mal die Nerven verlieren und aufeinander losgehen. Zurzeit, hieß es, standen die Quoten 7:3 für den Akkato.

Jedenfalls hatte Tiny gelernt, sein Aussehen für sich als Vorteil zu nutzen. Seine Methode war, sich mit den Schwarzmarkthändlern anzufreunden. Er setze sich zu ihnen, plauderte mit ihnen, und wenn sie in sein jugendliches, argloses Gesicht blickten, konnten sie sich kaum vorstellen, dass von ihm Gefahr ausgehen sollte.

Außerdem war er großzügig, spendierte unter dem Vorwand, er sei durstig und da sollten die anderen nicht zusehen müssen, eine Runde Getränke, stieß mit allen an.

Dabei ließ er immer wieder ins Gespräch einfließen, wie sehr er die Gulduri verachtete und wie er im Gegenzug denjenigen bewunderte, der das Lager gesprengt hatte. Er erklärte, er würde ihm gerne einmal begegnen, könne ihm möglicherweise sogar helfen. Tiny ging so weit, den Namen Severin Baker fallen zu lassen.

Zunächst schien all das nichts zu fruchten. Die Händler gaben sich ahnungslos, wenn sie ihm in Bezug auf die Gulduri auch Recht gaben. Dass erst die Blockade ihnen die Möglichkeit zu ihren Geschäften gegeben hatte, fiel dabei dezent unter den Tisch. Sie präsentierten sich gerne als patriotische Bürger von Sculpa Trax, die nichts mehr herbeisehnten als die alten friedlichen Zeiten.

Tiny war schon bereit, aufzugeben und es morgen eben an einem anderen Platz mit dem gleichen Spiel noch mal zu probieren. Es konnte immerhin auch sein, dass diese Händler hier tatsächlich keine Ahnung hatten. Der Süden war ein großes Gebiet, wer wusste schon, wo dieser Severin oder überhaupt einer vom Widerstand sich herumtrieb.

Es war bereits Nachmittag und er diskutierte gerade mit einem der Händler, dessen Gesicht unter einem grauen Kapuzenmantel hervorlugte, über die Schwierigkeiten, heutzutage noch gut gereiften Turila zu bekommen, wenn man nicht gerade ein Vermögen auf den Tisch legen wollte. Da Tiny gerne einen guten Tropfen genoss und der Händler dabei war, eventuelle Quellen aufzuzählen, wollte er dieses Gespräch noch beenden, bevor er sich zur *Medusa* zurück begab.

Währenddessen herrschte auf dem Platz ein reges Kommen und Gehen. Wenn man sich unter einem Schwarzmarkt etwas Anrüchiges vorstellte, dann stimmte das nur insofern, als dass er von der Obrigkeit verboten war. Doch in Zeiten einer Blockade erschienen als Käufer dort auch ganz normale Bürger. Ein junger Kerl mit rotblonden Haaren schlenderte vorbei.

Der Händler neben Tiny hielt inne, grinste. „Hast du nicht vorhin nach einem Severin Baker gefragt?" Er wies mit dem Kinn auf den Rothaarigen. „Da würde ich mich an deiner Stelle mal an den wenden."

Tiny hob fragend eine Augenbraue und der Händler nickte bekräftigend.

„Danke", sagte Tiny und stand auf. Der Rothaarige verließ in diesem Moment den Vorplatz wieder, ohne mit jemandem gesprochen zu haben. Tiny beeilte sich, zu ihm aufzuschließen. Als sie um die Ecke in eine Gasse bogen, berührte er ihn am Arm.

„Entschuldige."

„Der Mann fuhr erschrocken herum. „Ja?"

Tiny trat einen Schritt zurück, hob die Hände zum Zeichen, dass er nichts Böses im Schilde führte. „Severin Baker?"

„Was?" Auf der Stirn des Mannes erschien eine tiefe Falte. „Ich habe keine Ahnung, wovon Sie reden." Aber seine Augen flackerten unruhig.

Tiny wusste, er war auf der richtigen Spur. „Hey", er trat ihm in den Weg, „ich fand das toll, die Aktion mit dem Lager. So was müsste viel öfter passieren. So oft, bis diese verdammten Schmarotzer von alleine den Planeten verlassen."

Der Rothaarige – Severin, da war sich Tiny ganz sicher – zögerte. „Schön. Und was habe ich damit zu tun?"

Tiny versuchte es erneut. Er war so nah dran, da konnte er jetzt nicht lockerlassen. Verschwörerisch senkte er die Stimme. „Wenn du Material brauchst – da könnte ich dir helfen. Zünder, Sprengstoff, was du willst. Ich habe da so eine Quelle aufgetan … Über den Preis könnten wir reden." Es ihm umsonst anzubieten, hätte übertrieben und verdächtig gewirkt, befürchtete er. Severin blickte unschlüssig auf ihn herab. Tiny beschloss, noch einen draufzusetzen. „Und falls du bei der nächsten Sache Hilfe brauchst, könnte ich mir gut vorstellen ..."

„Was für eine Quelle?", unterbrach Severin ihn.

„He", empörte Tiny sich, „du willst mir gegenüber nicht mal zugeben, dass du Severin Baker bist, und verlangst von mir meine Quellen preiszugeben? Ziemlich einseitiges Vertrauensverhältnis, was?"

Severin zuckte mit den Schultern und wandte sich zum Gehen.

„Warte", Tiny stellte sich noch einmal vor ihn, „ich mache dir einen Vorschlag. Du denkst in Ruhe darüber nach und morgen treffen wir uns wieder. Gleiche Stelle, gleiche Zeit. Was hältst du davon?"

Severin betrachtete ihn von oben bis unten. „Mal sehen", murmelte er dann und ging.

Tiny sah ihm nach, atmete tief durch. Nicht ganz das Ergebnis, das er sich erhofft hatte. Aber der würde morgen schon wiederkommen, wenn auch bloß aus Neugierde.

Als Tiny die *Medusa* erreichte, waren alle anderen längst da. Borkan schenkte gerade Kaffee aus und verteilte dazu selbst gemachte kleine Gewürzkuchen.

„Wo warst du denn so lange?" begrüßte er Tiny. „Du hättest beinahe eine meiner Spezialitäten verpasst."

„Und das hätte ich mir nie verziehen", Tiny nahm sich eines der Küchlein, das sogar noch warm war.

„Im Ernst", meldete sich Zerin zu Wort. „Hast du etwas herausfinden können?"

„Kann man sagen. Ich bin Severin Baker begegnet." Während er immer wieder kleine Stückchen abbiss und mit schwarzem Kaffee herunter spülte, berichtete er der Mannschaft ausführlich von seinem Zusammentreffen.

„Ich fürchte nur", schloss er, „der Knabe wird morgen nicht viel zugänglicher sein. Selbst wenn er mir seinen Namen nennt, mir meinetwegen Sprengstoff abnehmen sollte, ist er zu misstrauisch, um sich gleich umfassend über den Widerstand auszulassen."

„Trotzdem", sagte Zerin, „gut gemacht. Es ist ein Anfang."

Ein paar Minuten herrschte nachdenkliches Schweigen.

„Wir", sagte Raven dann langsam, „müssten Tiny vertrauenswürdiger präsentieren. Wie wäre es, wenn wir ein paar Gulduri-Soldaten dazu bringen würden, ihn als Sympathisanten zu verhaften? Damit diesem Baker klar wird, dass sie auf der gleichen Seite stehen." Er stockte, runzelte die Stirn. „Nein, das geht doch nicht. Wenn er verhaftet wird, können sie ja nicht mehr miteinander reden. Außer, wir würden dafür sorgen, dass man Severin zu ihm in die Zelle steckt." Er schüttelte den Kopf. „Aber damit würde man die restlichen Widerständler eher weiter in den Untergrund treiben als hervorlocken. Es könnte noch schwieriger werden, unsere Zielobjekte zu finden."

Zerin hatte diesen Überlegungen aufmerksam zugehört, nun hellte sich sein Gesicht auf.

„So geht es wirklich nicht, aber der Ansatz ist richtig.

Dafür brauchen wir jedoch die Gulduri nicht. Die würden es nur verkomplizieren und womöglich vermasseln.“

Er sah sich auf der Brücke um, musterte nacheinander die Mannschaftsmitglieder. „Borkan“, sagte er, „ich möchte, dass du noch mal losziehst. Sorge dafür, dass du deine Waffen offen zur Schau trägst. Du sollst gefährlich wirken. Mach ein paar Händlern Angst, frage weiter nach dem Widerstand, aber ganz allgemein. Erwähne nicht diesen Baker.“ Mit einem Grinsen setzte er hinzu: „Du bist ein von den Gulduri angeheuerter Kopfgeldjäger, klar?“

Borkan hätte beinahe protestiert. Er hatte vorhin einen Auflauf in den Ofen geschoben, zu dem er noch Fleisch anbraten und alles zum Abendessen servieren wollte. Die anderen kümmerten sich ja nie ums Essen, wärmten sich tiefgekühlte Portionen auf und waren höchstens mal bereit, Kaffee zu kochen. Doch Zerin würde dafür kein Verständnis aufbringen. Ihr Auftrag hatte schließlich Priorität. Außerdem würde es auch Spaß machen, ungehemmt den bösen Buben zu spielen. Also nickte er.

„Und wir, Raven“, fuhr Zerin fort, „werden uns ins Nachtleben stürzen und die Nachricht von dem Kopfgeldjäger unter die Leute bringen. Hoffen wir, dass die Information den Widerstand bis morgen erreicht.“

Severin Baker hatte die halbe Nacht nicht geschlafen. Immer wieder war ihm das Angebot von diesem seltsamen Jungen durch den Kopf gegangen. Er war sich nur leider nicht sicher, inwieweit er ihm trauen konnte. Doch selbst wenn er bereit gewesen wäre, sich auf ihn einzulassen, hatte er noch ein ganz anderes Problem: Er war pleite.

Es war nicht gerade ein luxuriöses Leben, das er zurzeit führte. Seit er seinen Job verloren hatte, weil er sich geweigert hatte, von Gulduris Befehle anzunehmen, bezog er kein Gehalt mehr. Er hatte von seinen Ersparnissen gelebt, die längst aufgebraucht waren. Auch seine Dienstwohnung hatte er räumen müssen. Seine Möbel hatte er bei Freunden unterstellen können. Er selbst war mit dem Rest seiner Habseligkeiten in einen leeren Container gezogen, der längst ausrangiert gewesen war, zu dem er aber noch den Schlüssel besaß. Er hoffte einfach, dass sich niemand für das verrostete Ding interessieren würde, das am Rande eines Schrottplatzes abgestellt war und er nun sein Zuhause nennen musste.

Am Morgen erhob er sich wie gerädert von seinem aus Decken bestehenden Lager und beschloss, mit Franca zu reden. Vielleicht hatte sie eine Ahnung, was sie als Nächstes unternehmen könnten oder wie sich noch Geld auftreiben ließ. Er wusste, dass sie heute ihren freien Tag hatte und er sie wahrscheinlich in ihrer Wohnung antreffen würde.

So war es auch, doch seine Anliegen konnte er nicht ansprechen. Sie war total aufgelöst, beinahe schon panisch gewesen.

„Sie ... sie sind uns auf den Fersen. Severin, du solltest verschwinden. Kabil sagt, sie suchen überall nach dem Widerstand. Sie haben jetzt sogar Kopfgeldjäger, einen Akkato, der nach uns fragt."

Severin mochte es nicht, wenn sie von diesem Kabil sprach. Sie hatte dann stets so ein gewisses Leuchten in den Augen. Dabei kannte sie von ihm nur seine Stimme.

Außerdem bezweifelte er, dass die Informationen, die sie über diesen Piratensender empfing, immer stimmten. Woher sollten Zimaroo, die sich versteckt hielten, das denn wissen?

„Einen Akkato?" Er zweifelte. „Auffälliger geht es wohl nicht. Vielleicht hat nur einer der Werftarbeiter ein paar dumme Fragen gestellt, und dein Kabil vermutet gleich sonst was. Also, als Kopfgeldjäger wäre es doch klüger von ihm, wenn er sich sachte ranpirschen würde."

„Wenn das überhaupt möglich ist." Franca rang aufgeregt ihre Hände. „Das ist auch egal. Wenn er gut ist in seinem Job, kann er es sich vielleicht leisten, sich nicht zu verstecken. Wir sollten vorsichtig sein. Du weißt doch, was man über Akkatos sagt. Wenn so einer dich in die Finger bekommt …,"

Ihre Sorge um ihn rührte ihn schließlich und steckte ihn sogar an. Jedenfalls war es kein guter Zeitpunkt, ihr in ihrer Verfassung von dem gestrigen Zwischenfall zu erzählen. Sie sah schon genug Gespenster.

Er versprach ihr, vorsichtig zu sein und nahm ihr im Gegenzug dafür das Versprechen ab, sich die nächste Zeit unauffällig zu verhalten. Dann ging er wieder. Er kehrte zu seinem Container zurück, um sämtliche ihm verbliebene Wertgegenstände zusammen zu suchen. Mit etwas Glück konnte er sie auf dem Schwarzmarkt gegen eine Waffe eintauschen. Er kannte da einen Händler, der ihm recht wohl gesonnen war. Sicher war sicher.

Bis zum Nachmittag hatte er damit jedoch noch kein Glück gehabt. Bei dem, was er den Händlern anbieten konnte, lachten sie ihn regelrecht aus oder nannten so niedrige Beträge, dass er sich dafür doch nicht von seinen

Sachen trennen wollte. Manches konnte er vielleicht noch gebrauchen. Je näher der Zeitpunkt des gestern so einseitig anberaumten Treffens rückte, desto mehr schwand seine Abneigung, dem Jungen zu vertrauen. Wenn der tatsächlich an Sprengstoff herankam, konnte er vielleicht auch eine Waffe besorgen.

Was soll's, ich könnte ihn ja wenigstens mal fragen.

Als er die Straße entlang ging, die ihn zu dem Handelsplatz führte, an dem sie sich gestern begegnet waren, traf ihn jedoch fast der Schlag. Rasch drückte er sich in eine Nische und lugte um die Ecke. Da stand tatsächlich ein Akkato. Ein riesiger, beeindruckender und sehr gefährlich wirkender Kerl, der sich gerade drohend vor dem blonden Jungen aufbaute. Der Junge, auch wenn er nicht gerade schmächtig wirkte, musste zu dem Akkato aufschauen und hatte sicher keine Chance gegen ihn.

Severin überlegte fieberhaft. Was sollte er tun? Er konnte sich einfach verziehen, das war für ihn kein Problem. Die Gegend hier gehörte zu den Lagern, die er früher betreut hatte; er kannte sie wie seine Westentasche. Aber konnte er den Jungen zurück lassen? Was wollte dieses Monster überhaupt von ihm? Zog der Akkato herum und tyrannisierte wahllos jeden von der Bevölkerung, in der Hoffnung, dadurch etwas herauszubekommen?

Er konnte immer noch nicht glauben, dass dieser Zimaroo-Sender Recht behalten hatte. Aber es sah nun mal ganz danach aus.

Dann wurde Severin die Entscheidung abgenommen. Der Junge schrie etwas, das Severin nicht verstand, riss sich von dem Akkato los und rannte davon. Genau in

Severins Richtung. Als sie auf gleicher Höhe waren, packte Severin ihn und zog ihn mit sich. Der Junge wehrte sich nur kurz. Dann folgte er.

Severin wagte nicht, sich umzusehen, ob der Akkato ihnen nachkam. Das Handgelenk des Anderen fest gepackt, rannte er um sein Leben. Er nutzte Schleichwege, geheime Türen, schlug Haken, bis er einen ruhigen Seiteneingang erreichte und hoffen konnte, dass ihnen die Flucht geglückt war. Hier erst ließ er los. Er beugte sich vornüber, stützte sich mit den Händen auf seinen Oberschenkeln ab und rang nach Luft. Es war ihm, als müsse seine Lunge platzen. Unter seiner Schädeldecke hämmerte es. Dennoch fühlte er sich großartig. Beinahe wie ein Held. Wenn Franca ihn eben hätte sehen können!

Tiny lehnte sich an die Wand, betrachtete den keuchenden Mann und tat so, als müsse er ebenfalls nach Atem ringen, obwohl er das bei seiner Kondition gar nicht nötig hatte.

Er konnte noch kaum glauben, dass ihr Plan so wunderbar geklappt hatte. Borkan hatte sich mächtig ins Zeug gelegt, seine Muskeln spielen lassen und den grimmigsten Ausdruck aufgesetzt, den Tiny je bei ihm gesehen hatte. Der Akkato konnte wirklich gefährlich wirken, wenn er wollte.

Dann hatte Tiny aus den Augenwinkeln einen Bewegung wahrgenommen, gehofft, dass es sich dabei um Severin Baker handelte, und war losgerannt. Das war zwar nicht abgesprochen gewesen, aber ihm war plötzlich klar geworden, dass Borkan möglicherweise zu viel des Guten tat. Er könnte den Widerständler glatt vertreiben, und dann wären sie wieder am Anfang.

Es hatte funktioniert. Als er an Severin vorbeigelaufen war, hatte dieser nach ihm gegriffen und ihn mitgezogen. Er wollte ihn wohl wirklich vor Borkan retten. Tiny hatte Mühe gehabt, nicht laut loszulachen. Nun, da sie endlich halt gemacht hatten, verspürte er ein erwartungsvolles Kribbeln. Würde es auch weiterhin so gut verlaufen?

Severin Baker hatte seinen Atem wieder gefunden und richtete sich langsam auf.

Tiny setzte rasch einen verschreckten Blick auf. „Danke, Mann. Das war knapp."

„Hat der Akkato dich bedroht?"

Tiny nickte.

„Warum?", forschte Severin. „Wer bist du? Was wollte er von dir?"

Innerhalb von Sekunden entstand in Tinys Kopf eine haarsträubende Geschichte, die er seinem so genannten Retter aufzutischen gedachte. Er sorgte dafür, dass seine Stimme dabei zitterte. Man hatte sein schauspielerisches Talent in der Vergangenheit schon einige Male gelobt. „Ich heiße Tulo." Es war immer besser, wenn es irgendwie ging, bei seinem richtigen Namen zu bleiben. Dann versprach man sich weniger schnell. „Der Akkato hat meinen Vater an die Gulduri verraten, weil er Vorräte gestohlen hatte. Er arbeitet für die Gulduri, weißt du, und sucht in ihrem Auftrag nach allen, die sich gegen sie stellen. Jetzt war er hinter mir her. Er war der Meinung, ich würde zum Widerstand gehören. Dabei weiß ich davon gar nichts." Er straffte trotzig seinen Rücken. „Aber jetzt will ich dahin. Nach Hause kann ich eh nicht mehr. Ich will den Gulduri schaden, so wie sie meinem Vater geschadet haben." Er ließ seine Schultern wieder herunter sinken. „Nur weiß ich nicht, wie ich das anstellen soll. Kannst du mir dabei helfen, Severin?"

Der Rothaarige seufzte. „Du gibst nicht so schnell auf, was? Gut, ich will gar nicht mehr leugnen, dass ich Severin Baker bin."

„Dann", forschte Tiny, „warst du das auch mit dem Lager?"

„Die Explosion? Ach, das könnten genauso gut Squilla-Käfer gewesen sein." Aber sein Gesicht lief rot an dabei.

„Wie auch immer. Hilfst du mir nun dabei? Kann ich mich euch irgendwie anschließen?"

In Severins Gesicht arbeitete es. Seine Augen bekamen einen resignierten Ausdruck. „Ich fürchte, du machst dir falsche Vorstellungen. Hier kannst du sowieso nicht bleiben. Der Akkato weiß, wer du bist und wie du aussiehst. Er würde dich wieder aufspüren. Es gibt hier auch keinen Widerstand." Severin seufzte wieder. „Es gibt nur mich."

Tiny starrte ihn enttäuscht an. *Das kann doch nicht wahr sein. Soll die ganze Mühe umsonst gewesen sein?*

„Aber", er musste sich nicht einmal anstrengen, um dabei kläglich zu wirken, „was mache ich denn jetzt?"

„Hier verschwinden. Einen Tipp kann ich dir geben – versuch dein Glück in Bezirk 72." Er stockte kurz. „Brauchst du Geld, um dahin zu kommen?"

„Nein, das klappt schon. 72, sagst du?" Tiny streckte ihm die Hand hin, die Severin Baker nach kurzem Zögern ergriff. „Danke."

„Und das war's", beendete Tiny wenig später an Bord der *Medusa* seinen Bericht.

„Squilla-Käfer?" Zerin sah zu Raven.

Der hob die Schultern. „Wäre möglich, halte ich in diesem Fall aber nicht für wahrscheinlich."

„Nein", sagte Tiny, „ich auch nicht. Nicht so, wie dieser Severin geguckt hat. Dummerweise glaube ich ihm den Rest."

„Dass es hier gar keinen organisierten Widerstand gibt?" Zerin nickte langsam. „Zumindest würde das erklären, warum unsere Nachforschungen erfolglos geblieben sind." Ärgerlich schlug er mit der Faust in die flache Hand. „Ich habe doch gesagt, dieser Gulduri-General ist ein Schwachkopf. Ich wette, Ameka Thao wird im Norden auch kein Glück haben. Die führen die Gulduri geradewegs an der Nase herum. Der Norden und der Süden sind reine Attrappen."

„Verwaltungsbezirk 72", sagte Kajeeda, „das sagt mir doch etwas." Sie gab etwas ein und auf einem Bildschirm erschien eine Karte von Sculpa Trax. Automatisch richteten sich alle Augen darauf. Raven deutete auf einen Punkt.

„Das wäre hier. Sozusagen in der Mitte, am Äquator."

„Nicht dumm", gab Zerin zu.

„Ja, und da ist noch etwas", Kajeeda tippte erneut etwas ein und auf einem benachbarten Bildschirm erschien eine Personalakte.

„Baker, Rees, geboren 25.01.11.152, Verwaltungssekretär Bezirk 72, verheiratet mit Baker, Tanya Cloe ...,,

„Das", verkündete sie zufrieden", ist – welch ein Zufall – Severin Bakers Onkel."

Zerin betrachtete das dazu gehörige Foto. *Der sieht allerdings so aus wie einer, zu dem eine Tengiji Vertrauen haben könnte.*

Tiny drehte sich zu Borkan um.

Der Akkato hatte bisher geschwiegen. Er war immer noch sauer. Er hatte Stunden damit zugebracht, seinen verschwundenen Partner zu suchen, und war sich dabei von Minute zu Minute dämlicher vorgekommen, ein Gefühl, das er so gar nicht mochte. Einem Händler, der ihm blöd gekommen war, hatte er wahrscheinlich den Kiefer gebrochen, aber auch das hatte nicht geholfen. Verdammt, er hatte sich ernsthaft Sorgen um den Zwerg gemacht und sich gleichzeitig verarscht gefühlt. Zur *Medusa* war er erst zurückgekehrt, als Zerin ihn gerufen hatte, nur, um den Winzling vergnügt und unversehrt vorzufinden. Zudem verdächtigte er die Mannschaft, hinter seinem Rücken über ihn zu lachen. Wenigstens das – offen hätte sich das keiner getraut.

Und nun grinste ihn Tiny breit an.

„Siehst du, Großer, wenn man es genau nimmt, waren wir ein richtig gutes Team. Wenn dieser Severin dich nicht so furchteinflößend gefunden hätte …,"

So konnte man das natürlich auch sehen. Borkan entspannte sich. „Schon gut, Kleiner", knurrte er versöhnlich. „Jederzeit wieder." Er erhob sich. „Ich koch uns erst mal einen Kaffee."

„Gut", unterbrach Kajeeda dieses Männergespräch. „Wie geht es weiter?"

Gute Frage, dachte Zerin. Die Erfahrung hier hatte ihm gezeigt, dass es sich sehr schnell herum sprach, wenn er mit der ganzen Mannschaft auftauchte. Es beruhigte ihn zwar, sie in seinem Rücken zu wissen. Doch vorerst würde ein wenig mehr Diskretion hilfreicher sein.

„Raven und ich", sagte er darum, „werden uns diesen Verwaltungsbezirk genauer ansehen. Ihr bleibt erst mal hier. Versucht, Zimaroo ausfindig zu machen. Es kann immer noch sein, dass die Flüchtlinge sich dahin gewandt haben. Ich will nicht, dass wir irgendetwas außer Acht lassen. Kajeeda, du übernimmst solange hier das Kommando. Raven, packen! Wir brechen in Kürze auf."

Leon Petrov hätte nie geglaubt, dass so etwas in seiner Situation möglich wäre, aber ihm war langweilig. Er hatte nichts zu tun und, schlimmer noch, er konnte auch nichts tun. Die Anweisung von Baker war eindeutig gewesen; er durfte das Gebäude nicht verlassen. Was blieb ihm also übrig?

Am ersten Tag hatte er es gewagt, unangekündigt bei Aseera aufzutauchen. Er hatte sie auf dem Boden hockend vor einem Stück Papier vorgefunden. Sie hatte ihn unwillig angesehen und schroff gefragt, ob etwas anliege. Das hatte er verneint und sich rasch zurückgezogen. Mit einer schlecht gelaunten Tengiji wollte er sich lieber nicht anlegen.

Doch in seinem Zimmer, so komfortabel es eingerichtet war, fiel ihm irgendwann die Decke auf den Kopf. Er wurde regelmäßiger Gast in der Kantine. Das war weniger öde, als das Essen allein auf dem Zimmer einzunehmen. Bald lernte er sogar Leute kennen. Eine nette, wen auch ein wenig mausäugige Sekretärin hatte nichts dagegen, dass er sich mit seinem Tablett an ihren Tisch setzte. Den einen Tag nicht und den nächsten auch nicht.

Da er keine Ahnung hatte, ob sie vom Widerstand wusste, beschränkten sich ihre Gespräche allerdings auf Büroklatsch und wenig fundierte Entrüstung über die Gulduri und blieben daher eher eintönig.

Besser war es mit Marquez. Marquez war einer der Männer, die ihn und Aseera in Bakers Büro geleitet hatten. Er hatte den Status eines Wachmannes, fungierte aber auch als Fahrer. Tagsüber war er selten in der Kantine. Er tauchte erst auf, wenn dieser Ort sich Abends in etwas verwandelte, wo Musik erklang, Alkohol ausgeschenkt wurde und holographische Schmetterlinge durch die Luft flatterten. Mit seinen stets unordentlichen, grauen Haaren trotz seiner erst 30 Jahre und dunklen Augen, die selten länger als eine Sekunde auf etwas ruhten, pflegte er dort nach Feierabend in Ruhe einen Zigarillo zu rauchen und ein oder zwei Drinks zu sich zu nehmen. Vor ihm brauchte Petrov wenigstens nicht so zu tun, als wäre er harmlos auf der Durchreise.

Petrov selbst trank ungern Alkohol. So etwas machte nur unvorsichtig und ließ einen Dinge ausplaudern, die man besser für sich behielt. Er hoffte immer, dass die Drinks diese Wirkung auch bei Marquez zeigten. Doch entweder war der ein zu kleines Licht in der Rangfolge und wusste wirklich nichts, oder Baker hatte ihn angewiesen, den Mund zu halten, weil er ihm, Petrov, immer noch nicht traute.

So oder so brachten diese Abende nicht mehr als ein bisschen Zerstreuung. Aber daran konnte man sich gewöhnen. Petrov war daher beinahe erschrocken, als Aseera plötzlich vor seiner Tür stand.

„Baker will uns sprechen." Sehr viel leiser setzte sie

hinzu: „Das wurde auch Zeit." Daran erkannte er, dass ihr das Warten offensichtlich ebenso wie ihm auf die Nerven gegangen war.

Rees Baker erwartete sie wie das letzte Mal in seinem Büro. Diesmal waren sie allerdings allein mit ihm.

„Nun", begrüßte er sie, „ich hoffe, unsere Gastfreundschaft war bisher angenehm?"

„Sehr erholsam jedenfalls", sagte Aseera. „Tanya war so freundlich, noch ein paar Mal vorbei zu schauen, so dass ich mich beinahe wieder wie neu fühle."

Rees nickte. „Ich weiß. Sonst wäre ich nie auf die Idee gekommen, euch mein Anliegen jetzt zu unterbreiten."

„Welches Anliegen?", fragte Petrov. Er stellte fest, er war ein wenig eifersüchtig, dass sich um Aseera offensichtlich jemand gekümmert hatte, während er sehen konnte, wo er blieb. *Reiß dich zusammen. Als wenn es darum gehen würde, wer hier der Beliebteste ist.*

Rees Baker seufzte. „Wir haben etwas mit den Gulduri gemeinsam, ob wir wollen oder nicht. Versorgungsgüter werden knapp. Offiziell erhalten wir alles, um einen geregelten Betrieb aufrecht zu erhalten. Nur haben wir eben immer mehr unregistrierte Münder zu stopfen, da seid ihr beide keine Ausnahme. Und die Gulduri scheinen Probleme zu haben, ihre Schiffsbesatzungen zu versorgen – warum auch immer."

„Schlechte Logistik", vermutete Aseera.

„Ja, oder der Kaiser blockiert einige der Routen, wie manche Gerüchte lauten. Jedenfalls haben wir in Erfahrung bringen können, dass sie einen Frachter beladen, der bald zum Hauptschiff fliegen soll. Dummerweise habe ich gerade keine geeigneten Leute zur Hand …„

„Tatsächlich", Aseera klang amüsiert. „Geht es um etwas Bestimmtes oder das ganze Schiff?"

„Da wir langfristig vorhaben, die Blockade ganz zu durchbrechen, können wir jedes Schiff gebrauchen."

„Moment mal", protestierte Petrov. Und er hatte geglaubt, er wäre diese Himmelfahrtskommandos los! „Wir sollen einen ganzen Frachter stehlen?"

Rees hob die Schultern. „Für kampferprobte Leute wie euch sollte das doch zu schaffen sein."

„Wie weit ist der Platz entfernt, an dem der Frachter beladen wird?", erkundigte sich Aseera gelassen. Diese verdammte Tengiji schien den Vorschlag ganz normal zu finden.

„Einzelheiten würde ich gerne morgen mit euch besprechen. Es geht mir erst einmal nur darum, ob ihr bereit wärt, das Wagnis einzugehen."

Petrov schluckte seinen Ärger herunter. Wenigstens würde ihm dabei nicht mehr langweilig sein.

Aseera sagte: „Das ist wohl das Mindeste, was wir für eure Gastfreundschaft tun können."

„Fein", Rees grinste. „Dann bis morgen."

Fern von Sculpa Trax saß ein kleiner rundlicher Mann in seinem persönlichen Arbeitszimmer und strich sich mit einer Hand über seine Halbglatze, während er mit den Fingern der anderen Hand auf dem Tisch trommelte.

Er war der Kaiser, Fidor Bolando II., und er war nicht zufrieden. Vor ihm lagen verschiedene Berichte über die Lage des Konflikts zwischen den Zimaroo und Gulduri. Insbesondere wie sich der Krieg um Sculpa Trax, das sich zu einem Brennpunkt entwickelt hatte, gestaltete, interessierte ihn.

Nur leider gab es da offensichtlich nicht mehr viel Krieg. Harmlose Geplänkel, eine Blockade durch die Gulduri, die Zimaroo schienen bis auf ein paar versprengte Einheiten aufgegeben zu haben. So hatte er sich das nicht vorgestellt.

„Viel zu ruhig da", murmelte er vor sich hin. „Wenn das so weitergeht, könnte das ein Zustand auf Jahre werden." Er lachte leise. „Und wer will das schon."

Er jedenfalls nicht. Er hatte sich vorgestellt, dass die beiden Häuser viel erbitterter aufeinander losgehen würden. Das wäre eine wunderbare Begründung gewesen, schließlich einzugreifen und ihnen die Sahnestückchen wegzuschnappen. Unter anderem eben Sculpa Trax.

Der Fürst der Zimaroo hatte sich scheinbar zurückgezogen. Ob er einen Gegenschlag auch nur in Betracht zog, konnte dem Kaiser zurzeit keiner seiner Agenten melden.

Fidor Bolando II. hatte gehofft, wenigstens die Gulduri ein wenig unter Druck zu setzen, indem er ihnen Versorgungswege abschnitt. Doch anstatt darauf zu reagieren, wurschtelten sie einfach weiter mit dem, was sie hatten.

Der Kaiser schüttelte den Kopf. Das gefiel ihm alles ganz und gar nicht.

Er griff nach dem kostbaren Kristallpokal, der ebenfalls auf seinem Schreibtisch stand, hob ihn an die Lippen und trank einen Schluck seines Lieblingsweines. Der hatte noch immer beim Denken geholfen. Auch diesmal enttäuschte ihn das Getränk nicht.

Man könnte einen Zugang zu Sculpa Trax verlangen.

Es geht doch nicht an, dass plötzlich die gesamte Galaxie dort keinen Zutritt mehr haben soll. Insbesondere ich, der Kaiser, nicht. Das wird den Gulduri nicht schmecken und man wird sie mit Gewalt zwingen müssen. Keiner kann behaupten, dass ich damit in den Krieg eingegriffen hätte.

„Nein“, bestätigte er sich laut, „aber es wird ihnen da ein bisschen Dampf machen.“

Seine eigene Idee gefiel ihm außerordentlich gut und er gluckste vergnügt vor sich hin. Dann machte er sich daran, alles Nötige einzuleiten.

Als Aseera und Petrov am nächsten Tag erneut zu Rees gebracht wurden, warteten diesmal noch zwei weitere Personen im Büro. Ein kräftiger Mann, der sein breites Gesicht zu einem Lächeln verzog, als er die Tengiji erblickte, und eine junge Frau, beinahe noch ein Mädchen, die ihre langen blonden Haare zu einem Pferdeschwanz zusammengebunden hatte und sehr konzentriert dreinblickte.

„Ich habe mir erlaubt“, sagte Rees, „zwei Freunde dazu zu bitten, die euch mit wichtigen Informationen ausstatten können.“

„Hallo, Sam“, sagte Aseera.

Rees stellte trotzdem noch vor. „Das ist Sam Blumfeldt, das ist Nea, und hier haben wir Aseera und Leutnant Petrov.“

Aseera war Sam Blumfeldt bereits vor einem Jahr begegnet. Von seinem Schützling, dieser Nea, hatte sie damals zwar schon gehört, sie aber nicht kennen gelernt. Es hieß, dass Sam sie aufgenommen hatte, als sie noch ein Kind war, und sich seitdem um sie gekümmert hatte. Aseera hatte diese Geschichte als sehr passend für Sams Charakter empfunden.

Auch Petrov betrachtete die junge Frau mit großem Interesse. Allerdings, vermutete Aseera, eher, weil er sie hübsch fand.

„So", sagte Rees, „wenn das geklärt ist, können wir ja anfangen. Sam, vielleicht du?"

„Gut." Sam breitete eine Bildschirmfolie auf dem Schreibtisch aus, aktivierte sie und etwas, das wie eine technische Zeichnung aussah, erschien. Er winkte Aseera und Petrov heran.

„Was den Frachter angeht, gibt es ein Problem. Bei einem so kurzen Direktflug vom Planeten in den Orbit schalten die Gulduri gerne den Autopiloten ein. Natürlich wird auch ein lebender Pilot an Bord sein, für den Fall, dass irgendetwas schief geht. Aber man sollte sich lieber nicht darauf verlassen, dass der euch die Kontrolle über das Schiff geben wird. Also solltet ihr wissen, wie man den Autopiloten abschaltet."

„Großartig", murmelte Petrov, der angestrengt auf die Zeichnung starrte, aber nicht recht schlau daraus wurde.

„So kompliziert ist das nun auch wieder nicht", tröstete Sam. „Seht mal, hier befindet sich der Starter. Direkt daneben gibt es mehrere Schalter – da. Leider kann man die nur bedienen, wenn man einen Entsperrungscode eingibt. Wir haben versucht, ihn herauszufinden; leider vergeblich. Aber man kann das System auch kurzschließen. Dazu müsst ihr die Verkleidung abnehmen. Dahinter ist die Verkabelung, seht ihr, hier."

Er zeigte wieder auf die Zeichnung und Petrov bekam

so langsam eine Ahnung, was gemeint war.

Aseera beugte sich vor. „Die Kabel einfach durchtrennen oder muss man sie verbinden?"

„Die Kabel vom ersten und vom dritten Schalter müssen verbunden werden", nickte Sam. „Ihr müsst aber nicht löten, für einen kurzen Flug wird es reichen, wenn ihr sie verknotet. Hauptsache, die Enden haben Kontakt."

Aseera prägte sich das Kabelmuster noch einmal ein, dann sagte sie: „Unser Glück, dass du so gut Bescheid weißt."

„Na ja", Sam zuckte mit den Schultern, „ich kann schon gar nicht mehr zählen, wie oft ich dieses Modell generalüberholt habe. Gerade die ersten hatten noch einige Kinderkrankheiten." Er warf einen Blick auf Rees, der lächelnd den Kopf schüttelte. „Aber Geschichten darüber kann ich euch erzählen, wenn ihr wieder hier seid."

„Gut", sagte Rees, „habt ihr den Teil verstanden?"

Aseera nickte und Petrov brummte etwas, das annähernd Zustimmung sein konnte.

Nea trat vor. „Dann bin ich jetzt dran." Sie berührte die Folie und das Bild änderte sich. Diesmal zeigte es den Lageplan mehrerer Gebäude.

„Ich", begann Nea, „habe in dem Komplex, in dem der Frachter steht, schon öfter gearbeitet."

„Gearbeitet?", unterbrach Petrov sie überrascht, seine Augen wanderten über ihr junges Gesicht. Nea wurde rot und schien sich darüber noch zusätzlich zu ärgern.

„Ja, sicher, gearbeitet", entgegnete sie schroff. „Was dachten Sie denn?"

Sam legte ihr beruhigend eine Hand auf die Schulter

und Aseera hätte Petrov am liebsten einen Tritt verpasst. Im diplomatischen Korps wäre er jedenfalls eindeutig fehl am Platz.

„Nea", machte Rees ruhig, „komm zum Thema."

Eine Sekunde lang starrte sie Petrov noch ärgerlich an, dann wandte sie sich wieder dem Lageplan zu.

„Das ganze Gebiet", erzählte sie, „ist quasi nur noch von Gulduri bevölkert. Sie haben es okkupiert und zu einem ihrer Stützpunkte gemacht. Hier", sie wies auf ein lang gestrecktes Gebäude, „befand sich vorher eine Werkskantine. Die Gulduri haben es zum Offizierskasino umfunktioniert, und im angrenzenden Teil werden Vorräte gelagert. Ganz links ist eine Garage. Das hier", ihr Finger tippte auf ein ähnliches Gebäude, nur dass es im Plan auf der gegenüberliegenden Seite lag, „braucht euch hoffentlich nicht zu interessieren. Früher waren dort Wanderarbeiter untergebracht. Jetzt sind es die Quartiere für die Mannschaften. Euer Ziel liegt in der Mitte. Dabei handelt es sich um mehrere verbundene Werkshallen und Hangare. Der Frachter steht hier, in Halle C", sie zeigte auf ein wabenartiges Gebilde gegenüber den Garagen. „Der aktuelle Stand ist, dass er morgen starten soll. Die Aktion müsste daher heute laufen."

Aseera machte mit einer Handbewegung deutlich, dass sie einverstanden war. Petrov sah das ein bisschen anders.

„Das bedeutet also, dass wir in ein Gebiet eindringen sollen, das voller Gulduri ist und wahrscheinlich streng bewacht, in Halle C marschieren und mit dem Frachter davon fliegen sollen, allerdings nachdem wir ihn kurzgeschlossen haben, und das alles in ein paar Stunden?" Er schüttelte abwehrend den Kopf. „Wir würden doch nicht mal bis zur Halle kommen.“

Rees räusperte sich. „Beim ersten Teil können wir noch helfen. Marquez wird euch hinbringen.“ Rees grinste Petrov an. „Sie kennen sich ja bereits. Es ist nämlich so, dass einige ausgewählte Gulduri-Offiziere ab und zu ein paar Delikatessen von uns bekommen. Gut, dass auf den Gulduri-Schiffen Flüssigspeisen serviert werden. Der Geiz des Fürsten ist nun unser Vorteil. Aber zurück zum Thema. Offiziell kaufen sie es, aber sie zahlen nur damit, die Augen geschlossen zu halten. Na ja, auch eine wichtige Währung in unserer Lage. Jedenfalls gibt uns das einen guten Grund, warum ihr euch ihrem Stützpunkt nähert und, wichtiger, es wird niemand von dem Fußvolk wagen, euch aufzuhalten. Diese Lieferungen werden stets von Marquez ausgeführt. Es wird niemand Verdacht schöpfen.“

Petrov war noch nicht zufrieden. „Selbst wenn wir dadurch aufs Gelände kommen …„

Aseera hatte genug von sinnlosen Protesten und schnitt ihm das Wort ab. „Nea, kannst du uns noch etwas sagen, was uns weiter helfen könnte?“

Die junge Frau nickte. „Marquez meint, wenn man erst mal drin ist, sind Wachposten eher spärlich. Vor der Halle mit dem Frachter würde ich allerdings dennoch mit welchen rechnen.“

„Natürlich“, stimmte Aseera zu, „und in der Halle eventuell auch.“

„Ja. Darum dachte ich, es könnte euch helfen, dort die Energiezufuhr auszuschalten. Die Möglichkeit dazu hättet ihr hier“, mit ihren Fingern wanderte sie zum hinteren Ende der Wabe. „Da ist die Verteilerstation, von der die Energie in den Wartungsbereich eingespeist wird." Nea lächelte plötzlich, was kleine Grübchen in ihren Wangen entstehen ließ. „Ihr müsst nur darauf achten, dass das Tor vorher offen ist."

Aseera dachte an ihre Flucht von Farrell. „Ich weiß", seufzte sie. „Aber die Energie auszuschalten ist eine gute Idee. Die Gulduri werden nicht an einen Angriff, sondern erst mal an eine technische Störung denken. Das wird sie – hoffentlich – ablenken. Leutnant?" Sie sah Petrov an.

„Könnte klappen", gab der widerstrebend zu.

Rees übergab Aseera ein tragbares Navigationsgerät. „Darin ist die Route gespeichert, die ihr nach dem Diebstahl nehmen sollt. Die Daten müsstet ihr problemlos in den Bordcomputer des Frachters überspielen können, meint Sam. Euer Ziel ist ein Hangar, der als verlassen gilt. Von dort werdet ihr wieder abgeholt – wenn alles geklappt hat."

Aseera neigte den Kopf. „Danke. Und auch euch beiden, Sam und Nea, für die Informationen."

Nea zog die Augenbrauen zusammen. „Ich wäre ja gerne mitgekommen …,"

„Aber", beendete Rees den Satz für sie, „mehr als zwei Personen kann Marquez nun mal nicht schmuggeln." Er sah von einem zum anderen. „So, wenn soweit alles geklärt ist, schlage ich vor, dass ihr euch noch ein wenig ausruht. Marquez wird euch in zwei Stunden abholen."

Somit kehrten Aseera und Petrov auf ihre Zimmer zurück, um sich gebührend vorzubereiten.

Sie hätten den zweiten Jäger nehmen können, aber

Zerin wollte es diesmal wirklich unauffällig angehen. Mit Hilfe des Codes – zu irgendetwas musste Gefron ja gut sein – buchten sie zwei Passagen auf dem nächsten Transporter Richtung Äquator. Dank des Codes wurden sie auch nicht durchsucht und konnten ihre Waffen mit an Bord nehmen.

Der Flug war angenehm, sogar mit Verpflegung, was die beiden dankbar in Anspruch nahmen, da sie den Tag über noch nicht dazu gekommen waren, zu essen. Die Versorgung geschah vollautomatisch. Man wählte auf einem Bildschirm etwas aus und das wurde dann durch Kanäle in den Wänden direkt zu den Sitzen geschickt. Für Extrawünsche der Passagiere stand jedoch auch ein einzelner Flugbegleiter zur Verfügung.

Sie nutzten die Flugzeit nicht nur, um sich zu stärken, sondern auch, um ihr weiteres Vorgehen abzusprechen.

„Zuerst", sagte Zerin, „will ich mir den Verwaltungsturm ansehen. Nur einen ersten Blick darauf werfen. Danach sollten wir uns eine Unterkunft suchen. Außerdem schlage ich vor, dass wir uns hier ein wenig umhören. Wenn der Widerstand hier sein Quartier hat, müsste irgendjemand davon wissen. Vielleicht sollten wir auch dem hiesigen Gulduri-Stützpunkt einen Besuch abstatten. Der General hatte zwar, wie sich herausgestellt hat, keine Ahnung. Aber die Offiziere vor Ort wissen möglicherweise doch etwas, was uns nützlich sein könnte."

Raven nickte zustimmend, dann widmeten sie sich in Ruhe ihrem Essen.

Es dauerte nur anderthalb Stunden, dann konnten sie den Transporter wieder verlassen.

Inzwischen war es Abend geworden und der Himmel über Scultra ein Gemisch aus dunkelgrauen Wolken, durchbrochen von Schattierungen in Zartrosa bis Violett. Zerin blieb kurz auf dem Flugfeld stehen, atmete die Luft ein, die tief im Gaumen immer einen Geschmack von Metall hinterließ. Nicht weit entfernt leuchtete der Turm auf. Zerin hätte es nicht begründen können, aber er war sich sicher, dort würden sie finden, was sie suchten.

Doch die Ruhe dieses Abends war trügerisch. Während hier allmählich die Nacht heraufzog, flackerte ein heller Lichtschein über den nordwestlichen Horizont. Man hätte es für ein heftiges Wetterleuchten halten können, aber es war Zerin klar, dass es sich um den Widerschein großer Explosionen handelte. Ein beinahe unmerkliches Beben ließ den Boden unter seinen Stiefeln erzittern. Der dämmrige Himmel leuchtete auf und es sah für einen Augenblick aus, als wolle die Sonne zurück in die Höhe steigen, so grell erglühte das Firmament.

„Gnade dem, der da hineingeraten ist", flüsterte Zerin bei sich. „Ob Freund oder Feind." Dann wandte er sich ab, stieß Raven mit dem Ellenbogen an und sie setzten sich in Bewegung.

Am Terminal mieteten sie einen Gleiter, um beweglicher zu sein. Es war ein älteres, aber solides Torkun-Modell. Zerin empfand eine gewisse Ironie dabei, dass dieser Typ ursprünglich von den Gulduri entwickelt worden war. Er übergab Raven das Steuer, ließ seine Augen lieber wandern, während sie durch die Straßen glitten. Alles sah ganz normal aus. Der Uhrzeit entsprechend war nicht viel Verkehr; der letzte Schichtwechsel bereits eine Stunde her und die Nachtschwärmer noch nicht unterwegs. Sie passierten auch ein paar Gulduri. Erstaunlicherweise war hier weniger von der militärischen Präsenz zu spüren als im Süden.

Raven stoppte den Gleiter. Sie hatten die Zufahrt zum Turm erreicht. „Und nun?", fragte er.

Zerin hob die Hand, schwieg. Er folgte einem Laderoboter mit dem Blick zur nächsten Werkhalle, ließ die Szenerie auf sich wirken. Es waren weder Wachen noch Soldaten zu sehen. Es gab mehrere Zugänge, ein Hauptportal, Einfahrten in die Garagen, kleinere Türen, die wahrscheinlich verschlossen waren. Zerin war beinahe ein wenig enttäuscht. Bei einem Hauptquartier des Widerstandes hätte er mehr Betrieb erwartet. Aber vielleicht war das alles auch nur eine gelungene Tarnung.

„Nun", sagte er, „werden wir uns ein Nachtquartier suchen."

Doch in diesem Moment meldete sich sein tragbarer Funkempfänger.

Jeder bereitete sich auf seine Weise vor. Während Aseera ihre Haarspitzen präparierte, ihre Waffen überprüfte und sich mit einer kurzen Stärkungsmeditation mental auf den kommenden Einsatz einstellte, kontrollierte Petrov ein weiteres Mal mit dem kleinen Frequenzfinder, den er immer dabei hatte, ob sein Zimmer weiterhin abhörsicher war.

Dann holte er sein Funkgerät hervor und besprach den Speicher mit einem Bericht über die letzten Tage. Er ließ alles einfließen, was er herausbekommen hatte: Namen, Orte, sämtliche Details. Immer wieder hielt er inne, ließ alles noch einmal vor seinem inneren Auge Revue passieren, um nur ja nichts zu vergessen.

Nach einer Stunde war er der Meinung, alles gesagt zu haben. Nun stellte er die Frequenz ein und programmierte das Gerät auf automatisches Senden in zwei Tagen. Es wäre zu gefährlich gewesen, den Bericht gleich loszuschicken. Übertragungen konnten geortet werden und Rees Baker war bestimmt umsichtig genug, eine entsprechende Überwachung des Turmes veranlasst zu haben. Kontakt nach draußen aufzunehmen hätte Petrov enttarnen können.

Aber leider war er sich auch mit einer Tengiji an seiner Seite nicht sicher, die heutige Unternehmung unbeschadet überstehen zu können. Sollte er getötet werden, kam es auf eine Enttarnung nicht mehr an. Diese Übertragung würde sein Vermächtnis sein. Sein letzter Dienst am Kaiser.

Mit einem unguten Gefühl betrachtete er das Funkgerät. Als könne es ein schlechtes Omen sein, es so zu präparieren.

Dann schüttelte er das ab und versteckte es in einer unzugänglichen Ecke des Zimmers.

Nach der Abreise von Zerin und Raven, nach der Geschäftigkeit der letzten Tage, hielt in der *Medusa* eine Art gespannte Untätigkeit Einzug. Allen war klar, dass sie jederzeit ein neuer Einsatzbefehl erreichen konnte. Bis dahin gab es jedoch nichts als Warten. Natürlich war es tabu, das Schiff zu verlassen. Also suchte sich jedes Mannschaftsmitglied eine Beschäftigung. Im Maschinenraum fanden sich ein paar zum Kartenspielen zusammen. Tiny überredete Bill, einen Mechaniker mit einem dünnen schwarzen Schnurrbart, der ihn um drei Köpfe überragte, mit ihm einige Kampftechniken zu trainieren. Borkan verschwand wieder einmal in der Küche. Er hatte aus den Datenbanken über Sculpa Trax ein einheimisches Rezept entdeckt, dass er unbedingt einmal ausprobieren wollte. Leider war er sich nicht sicher, ob sie alle Zutaten an Bord haben würden – aber wenn nicht, würde er eben improvisieren müssen.

Später brachte er, zufrieden mit dem Ergebnis, einen Teller auf die Brücke, um Kajeeda eine Freude zu machen. Sie war zum Monitordienst eingeteilt; eine in ihrer Lage ziemlich öde, nichtsdestotrotz notwendige Maßnahme. Er war überrascht, sie unter Kopfhörer sitzend vorzufinden.

„Was machst du?" Er stellte das Essen neben ihr ab.

„Was?" Sie nahm einen Hörer vom Ohr, behielt den anderen jedoch auf, warf einen flüchtigen Blick auf den Teller. „Ach so. Ich belausche ein wenig den Funkverkehr in Sektor 72. Das Meiste sind die üblichen offiziellen Meldungen, nicht weiter spannend. Aber ich habe jetzt schon ein paar private Frequenzen entdeckt."

„Und? War etwas dabei, das uns weiter helfen könnte?"

„Wie man es nimmt. Ein paar Funksprüche waren verschlüsselt. Ich bin noch dabei, herauszufinden, wie der Code lautet, aber ich denke, das deutet zumindest auf gewisse Aktivitäten hin, die zum Widerstand passen könnten. Außerdem hat sich ein Gulduri bei seinem Kumpel beschwert, dass sie die besten Delikatessen wieder mal zum General schicken müssten – na ja … Apropos Delikatessen", mit spitzen Fingern angelte sie sich ein Stück Fleisch, steckte es sich in den Mund und kaute genüsslich. „Hm, gut."

Borkan grinste erfreut, wollte gerade ansetzen und ihr erklären, mit welchen Gewürzen er diesen speziellen Geschmack hinbekommen hatte. Doch Kajeeda bedeutete ihm mit einer Handbewegung, ruhig zu sein. Sie richtete sich auf, horchte genauer.

„Noch eine verschlüsselte Meldung. Ein bisschen mehr verstehe ich inzwischen. Es scheint schon wieder um eine Lebensmittellieferung zu gehen."

„Muss langweilig da sein", brummte Borkan, „wenn das die einzigen Themen sind."

Kajeeda winkte ab. „Es scheint", redete sie weiter, „als ginge es um einen Frachter. Und um jemanden, der zu einem bestimmten Ort soll, um dort etwas in Empfang zu nehmen. Nämlich …„ Kurz lauschte sie noch, dann riss sie sich den Kopfhörer herunter, starrte Borkan triumphierend an.

„Sie wollen den Frachter stehlen, und zwar mit Hilfe ihrer Freunde von außerhalb."

„Du meinst, das war eine Nachricht vom Widerstand?"

Sie hob die Schultern. „Woher es kam, kann ich nicht orten. Aber wer sonst außer dem Widerstand würde den Gulduri einen ganzen Frachter stehlen wollen. Und Freunde von außerhalb – dass könnten doch gut unsere Gesuchten sein."

„Wenigstens", gab Borkan zu, „ist das eine mögliche Spur."

„Genau." Sie griff nach dem Funkgerät. „Ich werde gleich Zerin Bescheid geben."

Aseera hatte bemerkt, dass Petrov von dieser Aktion nicht begeistert war. Sie selbst war eher froh, dass sie endlich wieder etwas tun konnte, und letztendlich hatte er sich auf Farrell auch erst gesträubt, um dann recht nützlich zu sein.

Marquez war pünktlich. Um jegliches Aufsehen zu vermeiden, nahmen sie diesmal einen Lieferantenfahrstuhl hinunter in eine Garage, in der Fahrzeuge mit den verschiedensten Aufschriften geparkt waren.

„Hier drin", erklärte Marquez grinsend und wies auf einen Transportgleiter, „sind die Delikatessen, die wir den Gulduri ab und an zukommen lassen. Rees hat euch ja sicher erklärt, dass sie dafür gerne mal ein Auge zudrücken. Es gibt uns jedenfalls guten Grund, warum wir uns ihrem Stützpunkt nähern und, wichtiger, es wird niemand von dem Fußvolk wagen, uns anzuhalten."

Aseera schüttelte den Kopf. Für ein Verhalten, die Pflicht gegen ein paar Leckereien zu tauschen, hatte sie kein Verständnis, auch wenn es ihnen jetzt dienlich war.

„Beruhigend", meinte Petrov.

„Ja", Marquez grinste noch breiter, „aber noch beruhigender finde ich, dass ihr ihnen heute einen Gutteil davon wieder abnehmen werdet. Ihr versteckt euch besser im Laderaum. Auch wenn sie gewohnt sind, dass ich komme, würde ich kaum erklären können, warum wir heute zu dritt sind."

Also machten es sich Aseera und Petrov zwischen Konserven und Kanistern so gemütlich, wie es eben ging, Marquez schloss hinter ihnen die Klappe und fuhr los.

Aseera verlor im Dunkeln schnell das genaue Zeitgefühl. Sie bekam allerdings mit, dass Marquez einen ziemlich rasanten Stil fuhr. In einer scharfen Kurve gerieten einige Konserven ins Rutschen. Eine davon traf Petrov schmerzhaft an der Schulter und er unterdrückte gerade noch einen Fluch. Eine Flasche zerbrach und gleich darauf erfüllte der süßliche Geruch irgendwelcher Früchte den engen Laderaum, so dass Aseera das Gefühl hatte, kaum mehr atmen zu können.

Nach einer schier endlosen Fahrt wurde der Transporter angehalten und Aseera konnte spüren, wie Petrov instinktiv nach seiner Waffe griff. Für einen Leutnant, der nur auf einem Außenposten gelandet war, hatte er erstaunlich gute Reflexe. Wieder einmal fragte sie sich, wieso er bisher auf der Karriereleiter nicht höher gestiegen war. Ob er sich auf irgendeine Intrige eingelassen hatte und damit gescheitert war? Er wäre nicht der Erste, der dann ausgebootet wurde. Möglich wäre natürlich auch eine Affäre mit der Frau eines Vorgesetzten. Aber dafür schien er ihr nicht der richtige Typ.

Gleichzeitig horchte sie nach draußen. Gab es Ärger?

Es hörte sich an, als wäre der Gleiter von Soldaten gestoppt worden. Marquez rief etwas, das sie nicht verstand. Doch wie er versprochen hatte, setzte sich das Gefährt gleich darauf wieder in Bewegung.

Wenige Minuten später hielt er erneut. Diesmal waren keine Stimmen zu vernehmen, stattdessen öffnete sich die Klappe und Marquez erschien vor ihnen.

„Raus mit euch, wir sind da."

Aseera kletterte heraus, froh, wieder frische Luft atmen zu können. Sie streckte die Glieder, sah sich um. Hinter ihr sprang Petrov auf den Boden. Sie standen in einer kleinen Garage zwischen anderen Gleitern, die in der diffusen Beleuchtung silbern glitzerten. Weit und breit war außer einem Laderoboter niemand zu sehen. Aseera rief sich Neas Plan in Erinnerung.

„Wir befinden uns im vorderen Gebäude, oder?"

Marquez nickte. „Hier sind wir sozusagen im hinteren Trakt des Offizierskasinos. Da hinten geht es zur Küche und den Vorratsräumen. Ich muss nun ausladen und liefern, ich nehme an, die Patrouille vorhin hat mich bereits angekündigt. Ich muss mich also beeilen, sonst taucht noch einer von ihnen hier auf. Ihr müsst da lang", er wies auf eine kleine Seitentür, die durch irgendwelchen Metallschrott halb verborgen war. „Keine Sorge, sie ist offen. War sie zumindest das letzte Mal noch. Von da aus könnt ihr schon sehen, wo ihr hin müsst."

Er warf einen hektischen Blick über die Schulter. „Kommt schon, verschwindet. Ich würde mich gerne bald wieder auf den Weg zurück machen." Wahrscheinlich wollte er außer Reichweite sein, bevor die Gulduri merkten, dass etwas nicht stimmte.

Aseera nickte ihm zu. „Danke."

Petrov war bereits dabei, die Tür frei zu räumen. Aseera half ihm. Sobald sie den Schrott beiseite hatten, öffneten sie die Tür und schlüpften hinaus. Keine Sekunde zu früh. Sie konnten noch hören, wie drinnen jemand rief: „Und? Wo bleibt das Zeug?"

Dann standen sie unter freiem Himmel. Hinter ihnen zog sich das flache Gebäude entlang. Etwa fünfzig Meter nach rechts war es erleuchtet, Soldaten standen davor, Gleiter hielten, es herrschte ein reges Treiben. Dort war der Eingang zum Kasino.

Ihnen gegenüber befand sie eine große Halle. Das Tor

war geöffnet und sie konnten hinein sehen. Da war der Frachter. Offensichtlich war die Beladung bereits abgeschlossen. Das hieß allerdings nicht, dass er unbewacht gewesen wäre. Am Tor waren zwei Soldaten postiert und im Inneren der Halle bewegten sich mehrere Gestalten.

Petrov beugte sich zu Aseera. „Wie gehen wir vor?"

„Als Erstes", flüsterte sie zurück, „schalten wir die Wachen aus. Aber leise. Sie nehmen den links, ich den rechts. Nehmen Sie ihm die Uniform ab. Damit wir unauffälliger sind."

„Gut", brummte Petrov, „aber sehen Sie zu, dass Sie Ihre Haare verstecken, sonst hat es sich mit unauffällig."

Wie auf Kommando huschten sie beide durch das Dunkel los. Auf den letzten Metern verlangsamte Aseera ihre Schritte, verschmolz förmlich mit den Schatten. Sie mussten dafür sorgen, dass die Wachen keinen Laut mehr von sich geben konnten. Würde das benachbarte Kasino alarmiert, wäre hier in Sekunden die Hölle los und zu zweit hätten sie keine Chance mehr gegen die Übermacht.

Aseera zog ihr Messer, pirschte sich näher heran. Der Wachtposten war nicht besonders aufmerksam, betrachtete gerade äußerst interessiert seine Fingernägel. Inmitten einer von Gulduri besetzten Anlage erwartete er wahrscheinlich nicht, dass etwas passieren könne. Aseera hätte gerne überprüft, ob sein Kumpan auf der anderen Seite das ebenso lässig handhabe und ob Petrov mit ihm fertig wurde. Aber sie durfte sich nicht ablenken lassen.

Ihr Herz schlug schneller. An sich behagte es ihr gar nicht, ihn so töten zu müssen. Sie griff nur ungern von hinten an, noch dazu jemanden, der gegen sie quasi wehrlos war. Das hatte etwas von Mord und nicht von Kampf. Außerdem würde es sich so nicht vermeiden lassen, dass die Uniformjacke Blutflecken bekam. Aber ihn nur bewusstlos zu schlagen wäre zu riskant gewesen, und die Zeit fehlte, Gefangene zu nehmen, jemanden zu fesseln und zu knebeln.

Noch einen Schritt, dann war sie hinter dem Soldaten. Ihr Angriff geschah schnell. Eine Hand presste sie ihm vorsichtshalber auf den Mund, mit der anderen stieß sie ihm das Messer in die Lunge. Diese kollabierte sofort und raubte ihm damit den Atem, den er zum Schreien gebraucht hätte. Aseera riss das Messer heraus, stach noch einmal zu. Der Soldat gab nur noch ein leises Gurgeln von sich, bevor er zusammensank.

Sie packte ihn unter den Armen, zog ihn vom Tor weg ins Dunkel. Dort zerrte sie die Kleider vom leblosen Körper. Aseera zog die Uniform über ihre eigenen Sachen. Der Wachtposten war zwar kleiner, aber korpulenter als sie, dadurch waren die Hosenbeine zu kurz und sie musste den Gürtel enger schnallen, aber wenn alles nach Plan lief, würde das schon nicht auffallen.

Nun konnte sie sich endlich nach Petrov umsehen. Da tauchte er auch schon aus dem Dunkel neben ihr auf. Bei ihm spannte die Jacke über Brust und Bauch, ansonsten passte die Uniform recht gut. Er warf einen kritischen Blick auf Aseera.

„Die Haare", sagte er knapp.

Er hatte Recht, das hätte sie beinahe vergessen. Sie drehte ihre Haare zu einem Dutt zusammen und stülpte die Kappe des Wachpostens darüber. So würde es gehen.

„Jetzt zum Verteiler", wisperte sie.

Sie marschierten links an der Außenseite der Halle entlang. Dabei kamen sie auch an der Leiche des zweiten Wachpostens vorbei. Aseera warf einen kurzen Blick darauf; sie wollte wissen, wie Petrov vorgegangen war. Er hatte auch sein Messer benutzt und dem Soldaten damit einen tödlichen Stich ins Herz versetzt. Vorher hatte er allerdings noch dessen Kehlkopf mit einem gezielten Schlag zerschmettert. Auch dieser hatte daher keine Chance gehabt, Laut zu geben.

Beeindruckt ging sie weiter. Dabei blickten sie sich immer wieder um, aber offensichtlich trieben sich alle Gulduri entweder im Innern oder vor dem Kasino herum, denn sie begegneten keiner Menschenseele. Als sie den Verteilerkasten erreichten, schüttelte Aseera nur den Kopf. Das Gerät war nicht mal gesichert, weder durch ein Energiefeld noch durch ein zweites Gehäuse. Die Gulduri mussten sich auf dem Gelände sehr sicher fühlen.

„Sie nehmen den einen Strang", sagte sie leise, „ich den auf dieser Seite. Danach müssen wir uns beeilen."

Petrov nickte nur. Sie nahmen ihre Pistolen in die Hand und mit zwei Schüssen durchtrennten sie die Leitungen. Funken flogen und ein beißender Geruch von zerschmolzenem Metall und Plastik stieg ihnen in die Nasen. Erst, als es erstarb, wurde ihnen bewusst, dass die ganze Zeit ein niederfrequentes Brummen in der Luft gelegen hatte. Für Sekunden herrschte Stille.

Dann drang Stimmengewirr aus der Halle. Aseera und Petrov rannten zurück. Sobald sie das Tor erreichten, gingen sie in Schritttempo über.

In der Halle hatte sich eine Notbeleuchtung eingeschaltet, ein schwaches, blass-gelbes Licht, das kaum die Konturen aus der Schwärze holte. *Gut für uns*, dachte Aseera. *Niemand wird den Blutfleck auf meinem Rücken bemerken.*

Dann straffte sie sich und rief: „Bewahren Sie Ruhe. Wir haben ein kleines technisches Problem, aber das wird gleich behoben sein. Bitte bleiben Sie, wo sie sind, und stoppen Sie wenn möglich alle Roboter."

Ihre Stimme hallte durch den ganzen Raum und die Leute verstummten und blieben in der Tat wie erstarrt stehen.

Petrov blickte auf den Frachter. „Gut", wisperte er Aseera zu. „Die Rampe ist unten. Dürfte kein Problem werden, an Bord zu gehen."

„Wir werden sehen", gab sie leise zurück, erhob dann wieder die Stimme. „Wer ist hier der Diensthabende?"

Eine hoch gewachsene Gestalt löste sich aus der Menge und kam auf sie zu. Die Bewegung lenkte Aseeras Blick auf ein anderes Schiff, bei dem er gestanden hatte. In der diffusen Beleuchtung war es schwer zu erkennen, doch etwas daran kam ihr bekannt vor. Sie kniff die Augen zusammen. Ein Jäger, lang gezogen und schlank. Sie hatte ihn noch nie in echt gesehen, aber …

Und dann war ihr, als wäre sie wieder zurück auf Zimaroo, in friedlichen Zeiten …

Das Arbeitszimmer des Fürsten war durchflutet von warmem Sonnenlicht. Es spiegelte sich in den blanken Holzoberflächen der Schränke und des Schreibtisches und dem weißen Marmorfußboden. Durch die Fenster hatte man einen guten Blick auf eine gepflegten Garten mit gestutzten Rasenflächen, umrahmt von violetten Blüten und überschattet von Zingo-Bäumen, deren metergroße Blätter sich in einer sanften Brise wiegten.

Die Zimaroo legten großen Wert auf die Kultivierung und Bewahrung der Natur. Der Gartenmeister hatte hier am Hof einen mindestens so hohen Stellenwert wie der militärische Koordinator. Das war einer der Gründe, warum Aseera sich für diesen Dienst entschieden hatte. Nirgendwo hatte sie je solche Ruhe gefunden wie in den symmetrisch angelegten Gärten der Zimaroo, nicht einmal auf Nuria. Nur hier war es ihr gelungen, ihren Geist so auf die Pfade der Meditation zu lenken, wie es ihr beigebracht worden war. Unter einem Zingo-Baum war sie auch Taven das erste Mal begegnet – aber das gehörte jetzt nicht hierher. Dieses Kapitel war abgeschlossen.

An diesem speziellen Tag war Besuch für Fürst Kerem eingetroffen und er hatte sie des Raumes verwiesen. Sie war leicht verärgert gewesen und hatte einen Spaziergang durch die Gärten gemacht, um sich zu beruhigen. Schließlich wusste sie genau, wer da zu Besuch war: Posius, Sohn der Verla, einer der Söhne Betran da Gulduris. Einer der Söhne allerdings, die von Betran nicht sonderlich beachtet wurden. Es war allgemein bekannt, dass der Fürst der Gulduri einen Liebling hatte und den Rest seiner beachtlichen Kinderschar nebenher laufen ließ.

Eine Stunde später ließ Fürst Kerem sie rufen. Als sie das Arbeitszimmer betrat, fiel ihr als Erstes der Geruch auf. Im Räucherbecken brannte ein Zingo-Holz und verbreitete seinen aromatischen, würzigen Duft. Außerdem hatte Fürst Kerem seinen blauen Gebetsmantel angelegt.

Das hieß, er hatte nach dem Besuch den Raum erst einmal gereinigt. Die Zimaroo pflegten dieses Ritual, wenn ihrer Meinung nach unreine Gefühle oder Intentionen die Atmosphäre vergiftet hatten.

Der Fürst stand über seinen Schreibtisch gebeugt, drehte ihr den Rücken zu, winkte sie jedoch sofort zu sich. Sie trat neben ihn und erkannte einen technischen Plan, auf den er blickte.

„Das", sagte er mit seiner ruhigen, tiefen Stimme, „ist ein Prototyp. Die Gulduri sind gerade dabei, ihn zu bauen. Du kennst die Zerberus-Jäger?" Er drehte den Kopf, sah sie aus seinen tiefblauen Augen an und lächelte. Es war eine rhetorische Frage. Natürlich wusste sie über die Zerberus-Jäger Bescheid. Dennoch nickte sie.

„Das hier", er wies mit einem Finger auf den Plan, „ist der Zratir. Eine Weiterentwicklung. Er soll so schnell und wendig sein, dass normale Suchraketen ich nicht mehr erfassen können." Fürst Kerem stieß ein kehliges Lachen aus. „Funktioniert aber nur, wenn sie Treibstoff verwenden, der mit einem unserer Gase versetzt ist. Was soll man davon halten?"

Aseera schoss Einiges dazu durch den Kopf. Sie versuchte es mit dem besten Fall. „Bietet Ihnen Betran eine langfristige Kooperation an? Hat er deswegen Posius geschickt?"

Der Fürst schüttelte den Kopf. „So funktioniert das Leben nicht. Dabei wäre ich gerne an so einer Perfektion beteiligt. Nein, Betran weiß nicht mal davon, dass Posius hier war. Der Junge hofft, mit meiner Hilfe den Lieblingssohn Jalon ausstechen zu können. Wie ihm das mit Verrat gelingen soll, konnte er mir aber auch nicht erklären. Die Gulduri haben manchmal seltsame Vorstellungen.“

Er straffte seine Schultern, warf seine halblangen grauen Haare zurück.

„Das macht mir Sorgen. Solche Schiffe können Kriege entscheiden. Und sie sind nur nützlich, wenn es Krieg gibt.“

Das war nicht lange vor dem Angriff der Gulduri gewesen.

Aseera blinzelte, war mit ihren Gedanken wieder in der Halle, in der Gegenwart.

Der Dienst habende Offizier hatte sie nun erreicht. In dem schwachen Licht konnte er nicht erkennen, welchen Dienstgrad ihre Uniformen auswiesen. Vorsichtshalber salutierte er.

„Was ist denn passiert?“, fragte er.

Aseera winkte ihn noch ein Stück näher. „Ich wollte nicht, dass jemand in Panik verfällt, aber bei dem Energieausfall wurde auch ein Tank beschädigt. Wir vermuten ein Gasleck. Sehen Sie zu, dass Sie ohne Aufheben die Leute hier herausschaffen. Sie sollen sich draußen sammeln. Vermeiden Sie Kontakt zu anderen – wir können eine mögliche Kontamination noch nicht ausschließen. Wir überprüfen hier die Lage und Sie warten auf unseren Bescheid.“

Das war alles ziemlicher Unsinn, aber sie baute darauf, dass der Offizier in der Hektik nicht so genau nachdachte.

Tatsächlich salutierte er erneut, gab ein „Jawohl,, von sich und eilte davon, die Befehle auszuführen.

„Das mit der Kontamination“, sagte Petrov anerkennend, „war eine gute Idee. Warten wir, bis sie raus sind, oder gehen wir gleich an Bord?“

Aseera holte das Navigationsgerät hervor, das sie von Rees Baker erhalten hatte, und drückte es Petrov in die Hand.

„Sie gehen an Bord. Ich folge mit einem anderen Schiff. Keine Sorge, ich brauche dazu das Navigationsgerät nicht. Ich habe mir die Route bereits eingeprägt.“

„Was?“, protestierte Petrov. „Ich soll den Frachter ganz allein ...„

„Ja, Sie waren doch dabei, als Sam uns alles erklärt hat. Mehr als einen Piloten braucht es dazu nicht. Und etwas leiser bitte. Wir müssen unsere Pläne ja nicht gleich an alle verkünden.“

Petrov schluckte. Er war sich leider gar nicht sicher, ob er noch zusammen bekommen würde, was Blumfeldt ihnen über die Drähte gesagt hatte. Doch die Tengiji schien entschlossen und nicht bereit, sich auf eine Debatte darüber einzulassen.

„Nun nehmen Sie schon“, drängte Aseera ihm das Gerät auf. Resigniert nahm er es entgegen und steckte es sich an den Gürtel.

Die Leute verließen inzwischen die Halle, warfen beim Vorbeigehen neugierige Blicke auf das so genannte Wartungsteam. Einer der Letzten war der Offizier, dem Aseera die Befehle gegeben hatte.

„Moment mal“, sie hielt ihn am Arm fest. „Ich sagte doch, alle müssen nach draußen.“

Ausgerechnet neben dem Jäger standen noch zwei Soldaten, die Arme vor der Brust verschränkt, und rührten sich nicht.

„Ach die“, sagte der Offizier. „Die werden bleiben. Ihnen ist das vielleicht nicht klar, aber das Schiff da hinten, davon gibt es nur fünf Stück … ach, ist auch egal. Jedenfalls bürgen sie mit ihrem Leben dafür, dass sie das Schiff nicht aus den Augen lassen und ihm nichts passiert. Ich habe ihnen ausgerichtet, was sie für ein Risiko eingehen, aber sie unterstehen nicht meinem Befehl. Sie bleiben.“

„Verstehe“, murmelte Aseera, ließ den Offizier los und der machte, dass er hinaus kam. Frustriert starrte sie durch das schummerige Licht auf diese sturen Bewacher. *Verdammt, ich hatte geglaubt, durch unseren Trick weiteres Blutvergießen vermeiden zu können.*

„Was ist denn?“, fragte Petrov, der von dem Gespräch nur Bruchteile mitbekommen hatte. Aseeras Ärger entlud sich über ihm.

„Nur ein weiteres kleines Ärgernis“, fauchte sie. Es kam ihr plötzlich so vor, als spüre sie durch die eigene Kleidung das Blut des getöteten Wachpostens feucht an ihrem Rücken. Unwillkürlich zog sie die Schultern zurück. „Was stehen Sie denn noch rum? Sehen Sie zu, dass Sie den Frachter aus dem Weg bringen.“

Erneut wanderte ihr Blick zu den beiden neben dem Zratir. *Sie bürgen mit ihrem Leben dafür – und genau das werden sie verlieren. Oder könnte ich es riskieren, sie nur außer Gefecht zu setzen?*

Petrov neben ihr setzte sich in Bewegung, das lenkte sie einen Moment ab. Als wäre es das Normalste von der Welt, ging er auf den Frachter zu, stieg die Rampe hinauf. Sie sah ihm mit gemischten Gefühlen hinterher. Sie wäre nicht so weit gegangen, zu behaupten, es wäre angenehm, mit ihm zu arbeiten. Aber bisher hatte sie sich auf ihn verlassen können, wenn er auch gerne wegen der Gefahren maulte. Jetzt würde sie auf sich allein gestellt sein. Das kannte sie. Doch sie würde auch darauf vertrauen müssen, dass er die Sache mit dem Frachter allein erledigte. Solange der Frachter dort stand, käme sie mit dem Jäger nicht vorbei.

Petrov verschwand und die Rampe fuhr hoch. Das erweckte die Aufmerksamkeit der beiden letzten Bewacher. Einer trat ein paar Schritte vor. Aseera atmete tief durch, dann marschierte sie auf den Zratir zu. Sie musste vor allem verhindern, dass einer auf dumme Ideen kam, zum Beispiel sein Funkgerät zu benutzen, um Meldung zu machen.

Sie hatte die beiden fast erreicht, als hinter ihr eine Stimme rief: „He, stehen bleiben! Hände hoch!“

Und Chaos brach aus.

„So“, sagte Zerin, nachdem er den Funk wieder ausgeschaltet hatte, „kleine Planänderung. Die Suche nach einem Quartier müssen wir verschieben.“ Er berichtete Raven in kurzen Worten, was er von Kajeeda erfahren hatte. „Sie hat außerdem bereits die Koordinaten von dem Gulduri-Hauptquartier herausgesucht.“ Er beugte sich vor, gab ein paar Zahlen in das Navigationsgerät ein. „Hier müssen wir hin.“

Raven nickte und startete den Gleiter.

Als sie den Stützpunkt erreichten, war es Nacht geworden und der Himmel dunkel, wenn auch im Nordwesten immer noch wie vereinzelte Blitze letzte Nachwehen eines Kampfes zu sehen waren.

Auch sie wurden von einer Patrouille angehalten. Anders als im Süden wurde Gefrons Code nicht sofort akzeptiert. Der Leutnant, der die Patrouille leitete, musste erst einen oberen Dienstrang kontaktieren, um ihn sich bestätigen zu lassen.

„Tolle Lösung", knurrte Zerin gereizt, als die Warterei sich immer länger hinzog. „Einen Passier-Code so geheim zu halten, dass die entscheidenden Stellen ihn nicht mal kennen."

„Wahrscheinlich", sagte Raven, „wenden sie von Gebiet zu Gebiet andere Codeschlüssel an. So lässt sich leichter nachvollziehen, woher man kommt."

Da das Argument nicht von der Hand zu weisen war, Zerin aber nicht in Stimmung war, den Gulduri Recht zu geben, überging er das.

„Jedenfalls", meinte Raven, „scheint es nicht ganz einfach, sich hier Zugang zu verschaffen. Ist die Frage, ob wir damit nicht umsonst hier sind."

Zerin zog die Augenbrauen zusammen. „Wenn es sich in der Meldung wirklich um unsere Gesuchten handelte, dann bestimmt nicht. Sie ist eine Tengiji – sie wird einen Weg finden. So jemanden sollte man nicht unterschätzen."

Endlich kam der Leutnant zurück. „In Ordnung, Sie können passieren."

Zerin nickte und Raven fuhr weiter. Kaum, dass sie außer Sichtweite waren, bedeutete Zerin ihm jedoch, zu halten.

„Wir lassen den Gleiter hier stehen und sehen uns zu Fuß ein wenig um. Da entgeht einem weniger."

Raven war das ganz Recht. Er ging gerne spazieren und kam viel zu selten dazu. Ein echter Nachteil an der Raumfahrt, fand er, war, dass man auf einem Schiff immer von Wänden umgeben war. Seine Eltern hatten eine Hydrofarm gehabt, weites, flaches Land, so weit das Auge reichte. Manchmal fehlte ihm das. Er vermied allerdings, es zu erwähnen. Die Zeit auf der Militärakademie, in der sie ihn ständig als Landei aufgezogen hatten, hatte ihm gereicht.

Das Gebäude, neben dem sie geparkt hatten, zog sich nach rechts entlang. Ein paar Meter entfernt war ein Tor offen. Dahinter befand sich eine Garage. Sie sahen sauber aufgereiht mehrere Gefährte und einen Laderoboter, der im Ruhemodus dastand.

„Erstaunlich", meinte Zerin. „Hier scheint sich niemand darum zu kümmern, dass die Tore auch wieder geschlossen werden."

Sie gingen weiter, am Gebäude entlang. Gegenüber war eine Werkhalle offen, in der ein paar vereinzelte Leute zu arbeiten schienen. Spannender allerdings fand Zerin das hell erleuchtete Kasino. Es schien der einzige Platz zu sein, wo auf dem Stützpunkt um diese Uhrzeit noch wirklich etwas los war, und er hoffte, dort ein paar Informationen zu erhalten. Er hielt es für sinnlos, die ganze Nacht wahllos auf dem Stützpunkt herum zu irren, in der Hoffnung, zufällig auf den gesuchten Frachter zu stoßen.

Bevor sie es betreten durften, wurde erneut der Code abgefragt. Diesmal ging die Bestätigung schneller, sie hatten ihn wohl in ihr System eingespeist.

Das Kasino war für die oberen Ränge bestimmt. Einfache Soldaten hatten hier nur Zutritt, wenn irgendwelche Arbeiten wie Reparaturen zu verrichten waren. An der hinteren Wand zog sich ein Bartresen entlang. Der linke Teil war mit Paravents abgetrennt, auf denen wie üblich Projektionen die Ansichten schöner Landschaften zeigten. Dorthin konnte man sich zurückziehen, um zu speisen. Im vorderen Teil saßen die Offiziere an runden Tischen, tranken und spielten Karten. Sie waren nicht im Dienst, hatten die Uniformjacken ausgezogen, die Ärmel hochgekrempelt und die Hemdkragen geöffnet. Nur an einem Tisch direkt beim Eingang saß eine korrekt gekleidete Gruppe und trank Kaffee. In dem älteren Mann, der die höchsten Rangzeichen aufwies, vermutete Zerin den Befehlshaber des Stützpunktes.

Raven und er schlenderten durch den Raum. An der Bar holten sie sich ebenfalls Kaffee und setzten sich dann an einen der Tische. Eine Einladung zum Kartenspiel lehnten sie ab. Stattdessen fingen sie wie beiläufig an, über die Bedingungen der Stationierung auf Sculpa Trax zu sprechen. Sie wollten schließlich nicht gleich mit der Tür ins Haus fallen und durch zu genaue Fragen auffallen.

Es stellte sich heraus, dass die Männer recht zufrieden mit ihrer Arbeit waren.

„Hier ist alles ruhig", sagte einer.

„Und die Bevölkerung?", erkundigte Zerin sich. „Die nehmen das alles hin, Besetzung, Blockade – gibt es da keinen Widerstand?"

Die Offiziere wechselten einen Blick.

„Widerstand?", sagte der, der Zerin am nächsten saß. „Wenn Sie so was suchen, müssen Sie in den Süden oder

Norden. Da gibt es immer noch ein paar Unverbesser-
liche.“

„Ja“, stimmte ihm ein anderer zu, „aber bestimmt auch
nicht mehr lange.“

Mehr bekamen Zerin und Raven nicht heraus, und da
ihre Kaffeebecher leer waren, erhoben sie sich und sahen
sich weiter um. Als Nächstes warfen sie einen Blick
hinter die Paravents und auf die erstaunlich üppigen
Gerichte, die dort aufgetragen wurden.

„Sieh mal an“, sagte Zerin, „ein kleines bisschen
Luxus im Krieg, was? Soweit ich weiß, ist Betran da Gul-
duri sonst nicht so sehr um das leibliche Wohl seiner
Armee bemüht.“

„Also“, meinte Raven, „nehmen sie sich selbst aus den
besetzten Gebieten, was sie kriegen können.“

„Oder sie erhalten es als Bestechung und schließen
dafür mal die Augen, wenn ihnen kleinere Gesetzesüber-
schreitungen unterkommen. Eine Hand wäscht die
andere, ist wahrscheinlich überall so.“ Er ließ seinen
Blick durch den Raum schweifen, hielt dann bei einem
Offizier an, der gerade an ihnen vorüber ging.

„Na?“, sagte er aufs Geradewohl. „Ist denn für hier
noch genug übrig nach der Lieferung, die gerade für
General Gefron vorbereitet wird?“

Der Offizier warf ihm einen misstrauischen Blick zu.
Dann schien er zu beschließen, dass Zerin wohl sowieso
schon Bescheid wusste und er darum offen mit ihm reden
konnte.

„Wird vielleicht mal ein bisschen knapper, aber wird
schon gehen.“

„So? Wo steht denn eigentlich der Frachter, der losge-

schickt werden soll?" Zerin beugte sich vor, gab sich verschwörerisch. „Mein Adjutant hier kommt nämlich frisch
aus der Ausbildung. Ich würde ihm gerne mal eine gut
ablaufende logistische Aktion vorführen."

Der Offizier lachte auf. „Ja, diese Grünschnäbel, nicht
wahr? Das ist hier ganz in der Nähe. Wenn man raus-
kommt, links, und dann in der Halle auf der rechten
Seite."

Zerin und Raven wechselten einen Blick und ließen
den Offizier stehen. Sobald sie den Lichtkreis des Kasi-
nos verlassen hatten, kam ihnen der Weg viel dunkler vor
als zuvor. Zerin brauchte einen Moment, bis er darauf
kam, woran das lag. Aus der Werkhalle, in der vorhin
noch fleißiges Treiben geherrscht hatte, glomm nur noch
der schwache Schein einer Notbeleuch-tung.

„Was ist denn da los?" Raven zeigte nach vorn.

Da hatte sich eine Gruppe von Leuten versammelt, die
mehr oder weniger unschlüssig herumstanden. In Zerins
Kopf ging eine Alarmglocke los. „Verdammt", murmelte
er. „geht es schon los? Sind wir zu spät?"

Er und Raven eilten auf die Gruppe zu. Den ersten,
den sie erreichten, fragte er: „Was ist passiert?"

„Das weiß keiner so genau", gab der Angesprochene
gleichmütig zurück. „Die Energie ist ausgefallen und das
Wartungsteam meint, es könne ein Gasleck gegeben
haben, also sollten wir alle raus, damit sie das überprüfen
können."

Zerin runzelte die Stirn. Warum sollte Gas austreten,
nur weil die Energie weg war? „Wartungsteam?", fragte
er. „Wieviele?"

„Bloß zwei", der Mann zuckte mit den Schultern. „Ein

Mann und eine Frau, glaube ich.“

Mehr brauchten sie nicht zu hören. Sie rannten los, zogen im Lauf ihre Waffen. Sie erreichten die Werkhalle, sahen in dem Schummerlicht eine Gestalt auf zwei andere zugehen.

„He“, rief Zerin, „stehen bleiben! Hände hoch!“

Aseera blieb wie erstarrt stehen. Fragen schossen ihr durch den Kopf. *Was hat uns verraten? Wie viele sind da? Und wer?*

Die beiden Gulduri, die zur Bewachung zurückgeblieben waren, interpretierten die Situation auf eine ganz andere Weise. Für sie war Aseera eine von ihnen, eine aus der technischen Abteilung. Die Neuankömmlinge trugen nicht mal Uniform, waren Fremde. Womöglich Widerständler! Womöglich waren sie sogar dafür verantwortlich, was hier eben abgelaufen war, und es handelte sich um eine Falle. Sie mussten den Zratir schützen. Gleichzeitig zogen sie ihre Waffen und eröffneten das Feuer.

Instinktiv brachte Aseera sich mit einem Hechtsprung aus der Schussbahn. Sie landete auf ihrer nicht völlig ausgeheilten Schulter und ein glühender Schmerz durchzog ihren Körper, so dass sie im ersten Moment schon glaubte, sie wäre getroffen worden. Davon abgelenkt bemerkte sie gar nicht, dass ihr die Kappe vom Kopf gefallen war. Über ihr sausten Schüsse durch die Luft, brannten sich in die Wand der Halle. Ein schriller Schrei klang durch den Lärm und einer der Gulduri brach zusammen. Aseera wurde klar, sie musste schnell handeln. Sie robbte über den Boden auf den Jäger zu. Erst dahinter wagte sie sich wieder auf die Füße. Gleich darauf musste sie den Kopf wieder einziehen. Ein paar Schüsse zogen bedrohlich nahe über den Zratir hinweg. Sie musste sich beeilen, sonst würde der Jäger noch etwas abbekommen. Sie tastete sich vor bis zur Einstiegsluke. Für eine Sekunde befürchtete Aseera, sie könnte verschlossen sein. Dann hätte sie ein echtes Problem, hier wieder heraus zu kommen.

Doch die Luke öffnete sich, sie stieg ein und schloss sie sofort wieder hinter sich. Es war eine Illusion, aber gleich fühlte sie sich sicherer.

Der Zratir war als Zweisitzer angelegt, je ein Sitz für den Piloten und seitlich einer für einen weiteren Schützen. Man erkannte an der Ausstattung, dass jeder auch die Aufgaben des anderen übernehmen konnte. Aseera wählte den Pilotensessel. Die ergonomisch geformte Polsterung brauchte nur einen Moment, dann passte sie sich vollständig ihren Konturen an. Man fühlte kaum, dass man saß, ein unglaublicher Komfort für einen Kampfjäger. Leider konnte Aseera das nicht genießen. Durch die gläserne Kuppel konnte sie sehen, wie der zweite Gulduri einen Treffer abbekam und ins Straucheln geriet. Die zwei Gestalten, die dazu gekommen waren und von denen Aseera immer noch nicht wusste, wer sie waren, drangen weiter in die Halle vor. Sie aktivierte den Zratir, der nach einer erfreulich kurzen Anlaufzeit ansprang. Das würde ihr allerdings nicht helfen, denn der Jäger stand so ungünstig, dass sie die Feinde mit den Bordkanonen nicht erreichen konnte. Oder doch? Verwundert und beeindruckt betrachtete sie die Anzeige vor sich. Es sah so aus, als könne man das Feuer im 360°

Winkel streuen.

Jetzt ärgerte sie sich, dass sie sich auf Zimaroo die Pläne nicht genauer angesehen hatte. Doch auch für Ärger war keine Zeit. Dem letzten Gulduri, der sich immer noch gewehrt hatte, war gerade die Waffe aus der Hand geschossen worden. Aseera war nahe dran, die Bordkanonen einzusetzen. Noch rechtzeitig hielt sie inne. Sie kannte die Durchschlagskraft nicht. Schlimmstenfalls könnte sie damit die ganze Halle sprengen. Es reichte auch, wenn diese den Frachter trafen. Das wäre ein schöner Abschluss für diese Mission! Sie schoss den Frachter ab und kam selbst in dem Jäger zu Tode, den sie hatte stehlen wollen. Wen sie nur wüsste, wer da auf sie zukam. Und warum stand dieser dämliche Frachter immer noch da und versperrte den Weg?

Was macht Petrov so lange, verdammt?

Hinter Petrov schloss sich die Frachtertür. Gleich hinter dem Eingang gabelte sich der Gang. Den links führte an der Decke ein rötliches Leuchtband entlang, den rechts ein weißes.

„Toll", murmelte er, „und nun?"

Er rief sich in Gedanken, was Blumfeldt ihnen als Plan gezeigt hatte, und entschied sich für weiß. Das war wenigstens schon mal richtig, denn als er um die nächste Ecke bog, konnte er am Ende des Ganges das Cockpit sehen.

Dann tauchte plötzlich jemand vor ihm auf. *Der Pilot*, durchfuhr es Petrov. Blumfeldt hatte doch gesagt, es würde auch ein menschlicher Pilot an Bord sein. *Aber warum ist er nur in Unterwäsche?*

Der Pilot starrte ihn an. Das Licht im Inneren des Frachters war gegenüber der Halle deutlich heller. Man konnte den tiefroten Fleck in der Herzgegend von Petrovs Uniform sehen und auch, dass ihm die Sachen nicht passten. „Scheiße", fluchte der Pilot, und bevor Petrov reagieren konnte, riss er aus dem Cockpit hinter sich eine Waffe hervor.

Gleichzeitig öffnete sich hinter Petrov eine Tür. Er warf sich zur Seite, rollte über den Boden, sorgte dafür, dass er die Wand in den Rücken bekam, und zog ebenfalls seine Waffe. Was da aus der Tür kam, brachte ihn jedoch vollkommen aus dem Konzept.

Eine nackte junge Frau trat in den Gang. „Süßer? Wo bleibst du denn?"

In diesem Moment schoss der Pilot. Doch da, wo vorher Petrov gestanden hatte, traf der Schuss nun die junge Frau in die Brust.

„Nein", heulte der Pilot auf. „Nein! Nika, nicht. Du Schwein."

Er fing an, wie von Sinnen durch den Gang zu feuern. Petrov blieb nichts anderes übrig, als ihn mit einem Schuss in den Kopf außer Gefecht zu setzten.

Der Leutnant erhob sich. „Nicht zu glauben", schimpfte er vor sich hin. „Bestellt sich im Dienst seine Freundin hierher für ein paar schöne Stunden und ist so blöd, sie dann ...„ Er verstummte, vermied es, einen Blick auf sie zu werfen. Sie war hübsch gewesen. Kopfschüttelnd stieg er über die Leiche des Piloten hinweg. Jetzt fing der schwierige Teil an. Drähte verbinden – er wäre lieber noch ein paar schießwütigen Gulduri begegnet. Hektisch sah er sich um. Die Armatur war drei

Meter lang, wo befand sich jetzt die Stelle mit den Schaltern? Technik war noch nie sein Spezialgebiet gewesen.

Geh logisch vor, ermahnte er sich. *Hier sitzt der Navigator, da der Copilot, hier der Pilot. Der Autopilot wird sich dort steuern lassen.*

Er wandte sich dem Pilotenplatz zu, blickte über die Tastatur. Neben der Steuerung waren vier Schalter, von denen einer herabgedrückt war. Er ließ sich nicht bewegen. Das musste es sein. Petrov hockte sich davor, suchte nach Rissen in der Abdeckung, fand aber keine. Er würde sie ganz herunterreißen müssen.

Wenn er sich richtig erinnerte, befand sich unter dem Sitz des Navigators immer ein Werkzeugkasten, ein Relikt aus alten Zeiten. Er wurde fündig, nahm einen Hydraulikschrauber heraus, setzte ihn an und hebelte. Die Metallplatte kreischte, verzog sich am Ansatz leicht, doch mehr geschah nicht. Er fluchte, wühlte wieder in dem Kasten, holte einen Elektrohammer vor. Er ließ den Schrauber verkeilt und setzte den Hammer darauf, stellte ihn an. Die Metallplatte beulte sich weiter aus. Auf einmal ging sie vollständig ab, traf ihn und warf ihn um. Er rappelte sich wieder auf, starrte auf das freigelegte Gewirr der Drähte. Welche waren nun die richtigen? Ihm brach der Schweiß aus. Der ganze Raum roch nach dem Kupfergeruch vom Blut des Piloten und schien ihm den Atem zu nehmen. Er rief sich die Szene in Bakers Büro vor Augen. Beinahe automatisch bewegten sich seine Finger. Dieses Kabel abtrennen, dieses Kabel damit verbinden, ein einfacher Knoten genügte, hatte Blumfeldt gesagt, solange die Enden sich berührten.

So, er lehnte sich zurück, wenn es das jetzt nicht war,

wusste er auch nicht weiter. Zum Glück hatte er zwar nicht viel Ahnung von technischen Zeichnungen, aber ein recht gutes Gedächtnis.

Er setzte sich in den Pilotensessel. Jetzt erst sah er durch die Fenster, wie die Lage draußen war. Von hier oben hielt er die beiden Figuren, die gerade an dem Frachter vorbei auf den Jäger zugingen, für Gulduri. Nun, wenn alles gut gegangen war, würde er denen einen schönen Schrecken einjagen können. Er startete den Frachter und setzte das Navigationsgerät ein. „Komm schon", drängte er, während das Schiffsystem die Flugdaten auslas.

Zerin und Raven waren vollständig auf den Jäger konzentriert. Als der Fliehenden die Kappe heruntergefallen war, hatten sie es genau sehen können. Es war die Tengiji. Doch dann mussten sie sich erst einmal gegen die zwei Gulduri zur Wehr setzen. Raven erschoss den einen, Zerin gelang es, den zweiten zu verwunden und zu entwaffnen. Doch dann, als sie so nahe am Ziel waren, startete der Frachter neben ihnen. Sie waren nicht mal auf die Idee gekommen, dass sie auch auf dieses Schiff zu achten hatten. Die Triebwerke spuckten Flammen, es blieb ihnen nichts anderes übrig, als zurück zu weichen. Wenn sie nicht bei lebendigem Leib verbrennen wollten, mussten sie die Halle verlassen.

Draußen wurden sie jedoch von Gulduri-Soldaten empfangen und, ehe sie sich wehren konnten, entwaffnet. Der Kommandant, durch die Schießerei aufgeschreckt, hatte Befehl gegeben, alle Eindringlinge zu verhaften. Zerin konnte protestieren, so viel er wollte, es nützte nichts, und auf seinen Code hörte in dem Chaos niemand. Zerin und Raven mussten hilflos mit ansehen, wie erst der Frachter und gleich darauf der Jäger aus der Halle hinaus schossen, direkt über ihre Köpfe hinweg.

Der Kommandant ließ seine Leute Abfangraketen abfeuern, den Schiffen hinterher. Gleichzeitig gab er eine dringende Meldung an das Kommandoschiff im Orbit ab mit der Bitte, sie sollten unterstützend Jäger aussenden.

Er konnte ja nicht ahnen, dass sie da oben gerade ganz andere Probleme hatten.

Sein Adjutant hatte General Gefron aus tiefem Schlaf gerissen. Nun stand er auf der Brücke, stopfte sich sein Hemd in die Hose und konnte es immer noch nicht glauben.

„Sie wollen was?" Sein Gesicht war zornesrot, die Ader an seiner Schläfe pulsierte, als wolle sie seinen großen Schädel sprengen.

Der Adjutant trat vorsichtshalber einen Schritt zurück. „Eine kaiserliche Korvette fordert freien Durchflug", wiederholte er. „Bei einer Verweigerung drohen sie mit Gewalt. Sie behaupten, wir wären nicht berechtigt, Sculpa Trax vollständig abzusperren."

„So, sind wir nicht?" Der General schnaufte empört. „Wir haben diesen verdammten Planeten erobert, oder nicht? Was denken die sich eigentlich."

„General", meldete ein Funker. „Nachricht von Stützpunkt B 12. Sie bitten um Unterstützung mit Jägern. Ihnen ist ein Frachter abhanden gekommen."

„Sonst noch was?", fauchte Gefron. „Die sollen mal schön selber auf ihre Sachen aufpassen. Unfähiges

Gesindel. Und holen Sie mir den Kommandanten der Korvette auf den Bildschirm."

Aseera hielt den Kurs dicht hinter dem Frachter. Der Zratir flog sich so, wie es sich in ihm saß: butterweich. Es war beinahe ein wenig gewöhnungsbedürftig, wie leicht die Steuerung auf kleinste Korrekturen reagierte. Sie behielt die Anzeigen im Auge, erwartete jeden Moment, dass feindliche Schiffe sich auf sie stürzen würden. Das traf zwar nicht ein, aber so entdeckte sie rechtzeitig die Raketen, die von unten hochgeschossen kamen. Sie ließ den Zratir mit der Nase nach unten abtauchen, wich so einer Rakete aus und kam hinter die, die auf den Frachter zusteuerte. Dieser Jäger war wirklich beachtlich schnell und wendig. Sie schoss die eine Rakete ab, drehte den Zratir fast im Stand und erwischte gleich darauf die zweite. Blieben nur noch zwei.

Diese beiden teilten sich jedoch plötzlich auf, nahmen sie und den Frachter in die Zange, kamen in einem Halbkreis auf sie zugeflogen.

Diesmal stieg sie höher, um über die Raketen zu kommen, ließ den Zratir eine Rolle fliegen, bekam eine davon ins Fadenkreuz und drückte ab. Aber nun war sie zu weit, um an die andere heran zu kommen. Die war nur noch eine kurze Distanz vom Frachter entfernt.

In diesem Moment feuerten die Heckgeschütze des Frachters. Sie waren nicht so stark wie die eines Jägers, aber es genügte, um auch die letzte Rakete zu einem bizarren, ungefährlichen Gebilde verglühen zu lassen.

Sehr gut, dachte Aseera. *Gut aufgepasst, Petrov.*

Die letzten Minuten des Fluges blieben sie unbehelligt.

Rees Baker hatte den Hangar, den er Aseera und Petrov als Ziel angegeben hatte, gut ausgesucht. Er lag in den Außenbezirken und galt als längst nicht mehr in Betrieb, worüber alle froh waren, die ein wenig Sinn für Aberglauben hatten, denn unter der Hand munkelte man gerne etwas über einen Fluch. Tatsächlich hatte es früher mehrere seltsame Vorkommnisse gegeben, damals, als der alte Charlie Smith noch Werksleiter dort gewesen war. Immer wieder waren Schiffe, die dort zur Reparatur gewesen waren, innerhalb des nächsten Monats zu Schaden gekommen. Manchmal versagten Teile des Schiffes, so dass es hieß, Charlie hätte daran herum gepfuscht. Aber wie ließen sich dann die Schiffe erklären, die von Piraten gekapert wurden, in Kampfhandlungen gerieten oder gleich ganz als verschollen galten?

Mit der Zeit wagten es immer weniger, Charlies Dienste in Anspruch zu nehmen. Er wurde auch immer sonderlicher, trank gerne einen über den Durst und es hieß, er sammelte altes Zeug, mit dem er sich lieber beschäftigte als mit seiner eigentlichen Arbeit. Wenn er nicht aus einer hoch angesehenen Familie gestammt hätte, die schützend die Hand über ihn hielt, hätte er längst nicht mehr arbeiten dürfen.

So aber blieb alles dabei, bis der alte Charlie vor ein paar Jahren gestorben war und seine Familie seinen ganzen Kram ausgeräumt hatte. Doch die Gerüchte über den Fluch konnte niemand aus dem Weg räumen und so fand sich niemand, das Gelände zu übernehmen. Der Hangar blieb verwaist.

Jetzt, in Zeiten des Widerstandes, hatte sich Baker

seiner angenommen. Er glaubte nicht an Flüche, eher daran, dass der Alkohol Charlie hatte schlampig werden lassen. Das Gebäude war viel zu praktisch, um es brach liegen zu lassen. Es verfügte nicht nur über eine ebenerdige Halle, sondern auch noch über einen zweiten Stock darunter. Dort lagerten sie die Schiffe, die sie bis jetzt in ihre Gewalt hatten bringen können.

Aseera und Petrov landeten im Abstand von Sekunden. Sie wurden bereits von Sam Blumfeldt und Marquez erwartet.

„Hey", sagte Blumfeldt, als sie aus den Schiffen ausgestiegen waren, „schön, euch wieder zu sehen. Seid ihr unverletzt?"

Aseera nickte.

„Der Frachter", knurrte Petrov, „muss innen gereinigt werden." Er war ein wenig blass um die Nase.

„Kein Problem„; Marquez grinste. „Wir haben ja sowieso vor, ihn gründlich auszuräumen."

Aus der unteren Halle stiegen zwei Frauen nach oben. Sie waren in verschmutzte Mechanikeroveralls gekleidet, hatten dort unten offensichtlich gerade an etwas gearbeitet. Sie waren schlank und sahen sich mit ihren schwarzen, leicht gewellten Haaren, die sie sich im Nacken zusammengebunden hatten, so ähnlich, dass sie Schwestern sein mussten.

„Was ist das denn?", fragte die eine und ihre Augen glitten begehrlich über den Jäger.

„Das", erklärte Aseera, „ist ein Zratir, ein Prototyp, Weiterentwicklung der Zerberus-Klasse. Ich habe mir sagen lassen, es gibt bisher davon nur fünf Stück."

„Nett", sagte die andere, trat heran und strich mit der

Hand beinahe liebevoll über das Metall.

„Darf ich vorstellen?“, meinte Sam Blumfeldt. „Das sind Yadina und Zeelona. Sie“, er räusperte sich, „sie sind eher zufällig zu uns gestoßen.“

Aseera nickte ihnen kurz zu, aber die beiden Frauen bemerkten es gar nicht, so sehr waren sie von dem Zratir fasziniert.

„Na schön“, sagte Blumfeldt, „ihr müsst müde sein. Lasst uns zurückkehren.“

Am nächsten Tag suchte Aseera Rees Baker in seinem Büro auf.

„Herzlichen Glückwunsch“, empfing er sie. „Das war eine tolle Aktion. Und danke für den Bonus, den du uns mitgebracht hast.“

„Ja. Ehrlich gesagt hatte ich mir den Rückflug schwieriger vorgestellt.“

„Nun“, Baker lächelte, „ein bisschen Glück gehört immer dazu. Wie wir hörten, waren die Gulduri ausgerechnet zu dem Zeitpunkt dabei, sich mit einem kaiserlichen Schiff zu streiten, das auf Scutra landen wollte. Wir wissen nicht, was genau geschehen ist, aber da es nicht hier unten angekommen ist, haben die Gulduri wohl vorerst gewonnen.“

„Der Kaiser“, murmelte Aseera. „Ich habe es doch gewusst. Langsam zeigt er sein wahres Gesicht.“

„Da magst du Recht haben“, Baker zuckte mit den Schultern. „Solange er das zu für uns günstigen Zeitpunkten macht, zerbreche ich mir darüber noch nicht den Kopf. Wir sind übrigens bereits dabei, den Frachter zu entladen. Die Ausbeute ist gut. Damit können wir erst mal wieder eine Weile durchhalten.“

„Das freut mich.“ Aseera straffte die Schultern. „Und das bringt mich zu meinem Anliegen. Ich denke, Petrov und ich haben eure Gastfreundschaft gut vergolten. Aber ich stehe immer noch in den Diensten des Fürsten von Zimaroo und nicht in denen des Widerstands von Sculpa Trax. Darum wollte ich fragen, ob es möglich ist, dass mein Sota repariert wird, damit ich weiter fliegen kann.“

„Der Sota, ja“, machte Rees langsam, legte die Fingerspitzen aneinander. „Unsere Mechaniker haben ihn sich bereits angesehen. Allerdings fehlen uns wohl ein paar wichtige Ersatzteile, um ihn wieder in Gang zu bringen.“ Er lehnte sich vor, sah ihr offen ins Gesicht. „So ist das in Zeiten einer Blockade, leider. Tut mir Leid, aber das könnte noch ein Weilchen dauern.“

Aseera betrachtete ihn nachdenklich, war sich leider nicht sicher, inwieweit sie ihm dabei trauen konnte. Doch sie hatte so oder so keine andere Wahl.

„Dann werden wir noch etwas eure Gäste bleiben müssen.“ Um ihm zu zeigen, dass sie sehr wohl verstanden hatte, setzte sie hinzu: „Vielleicht können wir euch ja noch mal bei etwas behilflich sein.“

Rees Baker lächelte. „Vielleicht.“

Petrov hatte als Erstes die automatische Funkübertragung gestoppt, sobald er wieder in seinem Zimmer gewesen war. Dann hatte er geduscht, gegessen und lange geschlafen. Nun stand er am Fenster, blickte über Sculpa Trax hinweg und ließ seinen Blick dann in den Himmel wandern. Irgendwo da oben war ein kaiserliches Schiff gewesen. Vielleicht war es sogar immer noch dort. Er hatte seinen Auftrag inzwischen mehr als satt. Wenn er eine Möglichkeit gesehen hätte, wäre er an Bord dieses Schiffes gegangen, um endlich seinen Bericht abzugeben und dann am besten einen langen, verdienten Urlaub anzutreten.

Aber so weit war es noch nicht.

Und ich habe das ungute Gefühl, die werden uns jetzt immer noch nicht von hier weglassen. Warum sollten sie auch Leute aus der Hand geben, die so verrückt sind, aus dem gegnerischen Stützpunkt Schiffe zu stehlen? So blöd ist Baker nicht.

Mit einem Seufzer wandte er sich ab. Er wollte sich lieber gar nicht ausmalen, was als Nächstes auf sie zukommen würde.

FSC
www.fsc.org
MIX
Papier aus ver-
antwortungsvollen
Quellen
Paper from
responsible sources
FSC® C105338